クライブ・カッスラー
& ボイド・モリソン／著
伏見威蕃／訳

悪の分身船《ドッペルゲンガー》を撃て！（上）

Final Option

扶桑社ミステリー
1542

Final Option (Vol. 1)
by Clive Cussler and Boyd Morrison

Japanese translation published by arrangement with
Peter Lampack Agency, Inc.
350 Fifth Avenue, Suite 5300, New York, NY 10118 USA
through Tuttle-Mori Agency, Inc., Tokyo

悪の分身船《ドッペルゲンガー》を撃て！（上）

登場人物

ファン・カブリーヨ――――――〈コーポレーション〉会長。オレゴン号船長

マックス・ハンリー――――――〈コーポレーション〉社長。オレゴン号機関長

リンダ・ロス――――――――〈コーポレーション〉副社長。オレゴン号作戦部長

エディー・セン―――――――オレゴン号陸上作戦部長

エリック・ストーン―――――同航海長兼操舵手

フランクリン・リンカーン――同特殊部隊チーム指揮官

ハリ・カシム――――――――同通信長

マーク・マーフィー―――――同砲雷長

ジュリア・ハックスリー――――同医務長

ゴメス・アダムズ―――――――同パイロット

マクド・ローレス
レイヴン・マロイ ｝――――同乗組員

モーリス――――――――――同司厨長

リカルド・フェレイラ――――犯罪組織への技術提供者

ザカリア・テイト―――――――ポートランド号船長

アブデル・ファルーク――――ポートランド号の技術者

キャスリーン・バラード――――CIA職員

ラングストン・オーヴァーホルト――CIA幹部

マイケル・ブラッドリー――――米原潜〈カンザス・シティ〉乗組員。海軍大尉

プロローグ

ノースカロライナ州、ハタラス岬の三〇海里北東
一九二一年一月三〇日

ハンス・シュルツ艦長は、貨物船〈キャロル・A・ディアリング〉の船上の大混乱を、潜望鏡で観察し、にんまりと笑った。五本マストの優美なスクーナー型帆船《はんせん》の白い船体は、遠くで群がっている灰色の嵐雲《らんうん》を背景に、くっきりと見分けがついた。〈キャロル・A・ディアリング〉の乗組員たちは、絶望にかられ、周章狼狽《しゅうしょうろうばい》し、甲《かん》板《ぱん》で右往左往していた。

シュルツは、Uボート〈ブレーメン〉の発令所にいた水兵たちに、自分が見ている光景を伝えた。

「ひとりが立って、自分の髪の毛をつぎつぎとむしり取っている。もうひとりは、円を描いて走り、ずっと悲鳴をあげている。乗組員ふたりが、書類や物を手あたりしだい海に投げ捨てている」

「どういう物ですか？」ハンガリー人科学者のイシュトヴァーン・ホルヴァートが、すこしなまりのあるドイツ語できいた。ホルヴァートはハンガリー生まれだが、ドイツ語を流暢《りゅうちょう》に話す。自分が発明し、イレ・ヴァフェと名付けた独創的な装置の効果に、つねに興味を抱いている。

狂気兵器《イレ・ヴァフェ》。

「トランク。衣服。本。航海機器」

「じつにすばらしい」

シュルツの目が、救命艇のそばのふたりに向けられた。そのふたりは、救命艇を海面におろす装置のロープを、大きなナイフで切っていた。

「救命艇を切り離している」シュルツはいった。

「乗り込まずに？」ホルヴァートがきいた。

「そうだ。あれでは……やはり裏返しに海面に落ちた。今度は二艘《そう》目を落とそうとしている」シュルツは潜望鏡から目を離し、ホルヴァートのほうを向いた。角縁眼鏡をかけ、額《ひたい》の生え際が後退している小男のホルヴァートは、革装の本にしきりと書き込んでいた。

「今回は、効果が表われるのに時間がかかりましたが」ホルヴァートが、好奇心と誇りの入り混じった口調でいった。「結果はおなじみたいだ。差が出たのは、木造船だからかもしれないと思う」

「では、これからは鋼鉄船だけにしよう」シュルツはいった。「沿岸警備隊の哨区《しょうく》で、これほど長く潜望鏡深度にいたくはない」

　Uボート〈ブレーメン〉は、アメリカ合衆国東海岸沖で、目標を選びながら攻撃していた。世界でもっとも海上交通の頻繁な水域なので、選《え》り好みできる。〈ディアリング〉は、この三週のあいだに攻撃した四隻《せき》目の船だった。〈ブレーメン〉は、大戦中に英海軍の封鎖を潜《くぐ》り抜けて物資を密輸するために設計された輸送潜水艦だったが、処女航海のときから、本来の目的とはちがう用途に使われるようになった。〈ブレーメン〉は、ある実験的な技術の秘密試験設備に使えるように、行方不明になったとされた。その技術が完成すれば、ドイツに勝利をもたらす可能性があった。

　だが、狂気兵器《イレ・ヴァフェ》は、中央同盟国が降伏する前に使用可能な状態にはならなかった。

　そこで、シュルツとホルヴァートは協定を結び、話に乗った乗組員たちとともに、急進的な兵器を積んだ〈ブレーメン〉を盗んで、行方をくらまし、金持ちになるというあらたな目標に着手した。突拍子もない夢だったが、三年のあいだ、夢にも思わなかったくらい計画は成功しつづけている。今回の航海は、なかでももっとも利益が大きかった。〈ブレーメン〉は貨物を七〇〇トン積むことができるが、ここでの任務が大成功だったために、船艙《せんそう》はまもなく満杯になるはずだった。海上で奪った戦利品を卸《しゃ》下《が》するために、基地に戻らなければならない。

シュルツは、潜望鏡のところに戻った。〈ディアリング〉の二艘目の救命艇が、だれも乗らずに海に転げ落ちた。〈ディアリング〉が総帆展帆《そうはんてんぱん》だったので、救命艇はあっというまに後方に離れていった。

「ひとり目が跳び込んだ」シュルツはいった。

「救命胴衣は？」

「なしだ」

まるで見えないだれかの声に強いられたかのように、〈ディアリング〉の乗組員がひとりずつ、凍《い》てつく冬の海に跳び込んだ。白髪で顎鬚《あごひげ》を生やした六十代の男が最後だった。手摺《てすり》を越えて跳ぶとき、男はまったく躊躇《ちゅうちょ》しなかった。

「あれが船長にちがいない。バルバドスの伝手《つて》によれば、ウィリス・ウォーメルという男だ」

「乗組員十二人が、海に跳び込んだ」ホルヴァートがいった。「名簿のとおりなら、船にはだれも残っていない」

「すばらしい」シュルツはいった。潜望鏡で最後にもう一度、全方位を確認した。海中でじたばたしている男たちのまわりに、数匹のサメの鰭《ひれ》が見えた。捜索者たちが死体を見つけたときには、あらかた食われているだろうと、シュルツは思った。水平線に船影はなかった。嵐《あらし》が来るのを怖れて、この水域を避けているのだろう。

ほかに船がいないと確信すると、シュルツは潜望鏡をおろした。

「浮上しろ」シュルツは副長に命じた。「イレ・ヴァフェを切っていいぞ、ヘル・ホルヴァート」

ホルヴァートがうなずき、スイッチをいくつかはじいた。制御盤のライトが消えた。

Uボートが浮上すると、シュルツは司令塔のてっぺんに登り、水密戸《ハッチ》をあけた。新鮮な海の空気を吸った。ディーゼル燃料の悪臭と、長い航海のあいだに艦内にこもる体臭から逃れられて、ほっとした。

シュルツは双眼鏡を構えて、〈ディアリング〉の甲板をもう一度見ていった。乗組員が残っていないとわかると、〈ブレーメン〉を〈ディアリング〉に横付けするよう命じた。水平線に嵐雲が見えているわりには、波は穏やかで、軽風が〈ディアリング〉をゆるやかに推し進めていた。

〈ディアリング〉の舷側《げんそく》に接近すると、〈ブレーメン〉は速力を合わせた。慣れた手順で乗組員が二隻を索《さく》でつなぎ、縄梯子《なわばしご》を使って乗り込んだ。

縮帆する時間を省くために、シュルツは二隻の錨《いかり》をおろすよう命じた。投錨《とうびょう》すると、悠然と進んでいた〈ディアリング〉がたちまち停止し、静止している二隻のあいだに通板《みちいた》が渡された。

シュルツは、ホルヴァートとともに、乗り捨てられた帆船に乗り移った。まず船橋《ブリッジ》へ行った。航海日誌を見つけて、ピーコートのポケットに突っ込んだ。乗っ取った船の船長の日誌は、すべてシュルツの記念品になる。

船内におりて食堂のそばを通ると、食べられていない料理がまだテーブルに置いてあった。

「食事中に重大な瞬間が訪れたにちがいない」ホルヴァートがいった。

「食料貯蔵庫に何人か行かせて、新鮮な食材を探させる」シュルツはいった。〈ブレーメン〉は一カ月以上、航海をつづけているし、缶詰の豆やビーツの酢漬けは古くなっていた。熟したオレンジのことを考えると、唾《つば》が出てきた。

船艙に行って、獲物を目にすると、シュルツは相好《そうごう》を崩した。

〈ディアリング〉はバルバドス諸島からヴァージニア州ノーフォークに向けて、密造ラム五百樽《たる》を密輸しているところだった。禁酒法のせいで酒の闇値《やみね》は急騰《きゅうとう》している。この貨物は百万ドルの価値がある。

通板に向けて板で斜路が造られると、乗組員が樽を〈ブレーメン〉に向けて転がしはじめた。

巨大な樽を動かすのは、退屈で骨の折れる作業だったが、乗組員は金に目がくらんでいた。文句をいわずに働いた。最後の数樽が転がされていたときに、〈ディアリング〉のブリッジに配置されていた副長が、シュルツを呼んだ。

「艦長《ヘル・カピターン》！　水平線に船が一隻見えます。こっちに近づいてきます」

シュルツは、ブリッジに駆け登った。副長が双眼鏡をシュルツに渡した。

沿岸警備隊の監視艇のようだった。〈ディアリング〉の向こう側にいる。船体が低いUボートは、見えないはずだった。

「〈ディアリング〉を棄てる準備をしろ」シュルツはいった。「〈ブレーメン〉に戻る前に、〈ディアリング〉の錨をあげろ」

「承知しました《ヤヴォール》」

帆を張ったままの〈ディアリング〉は進みつづけるので、公海上で停船しているという異様な光景にはならず、監視艇が調べる理由はなにもない。

乗組員たちが効率よく作業を終え、〈ディアリング〉が動きはじめたときには、シュルツが最後に乗り移ればいいだけだった。〈ブレーメン〉の司令塔で、ホルヴァートがシュルツを出迎えた。

「軍艦に対してイレ・ヴァフェを試す格好の機会かもしれない」ホルヴァートが、期待をこめていった。

「そろそろ運試しをやめる潮時だ、ヘル・ドクトル」シュルツは答えた。「基地に帰って、手に入れた宝を楽しもう」

ホルヴァートは、がっかりしたようだったが、うなずいた。

〈ブレーメン〉が水密戸をしっかりと閉めると、シュルツは発令所に戻り、潜航を命じた。潜望鏡をあげて、接近する監視艇を見守っていると、監視艇が不意に北へ回頭した。

シュルツは潜望鏡の向きを変え、遠ざかるスクーナーを見た。黒い扇型船尾に記された〈キャロル・A・ディアリング〉という船名が見えた。嵐でバラバラになる可能性が高いが、そうならなくても、Uボートが接触した証拠はなにもない。〈ディアリング〉の乗組員の消失は、永遠に謎《なぞ》として残る。

シュルツは潜望鏡を下げて命じた。「真南に針路をとれ。基地に戻る」

乗組員が歓声をあげて騒いだが、シュルツは、いま積んでいる貨物を売りさばいたら、つぎはどこへ行こうかと考えていた。〈ブレーメン〉の航続距離は二万海里なので、どこへでも行ける。

地球全体が、彼らの狩場だった。

1

大西洋
現在

ジャック・ペリーは、近づいてくる貨物船を驚きあきれて見つめた。あんな船が南アフリカから数千海里、どうやって航海してきたのだろうと思った。そもそも海に浮かんでいられるのが不思議でならなかった。

午後の太陽がうしろにあったので、ペリーにはその老朽船《ろうきゅうせん》がよく見えた。塗装がめくれている船体は、さまざまな色合いのおぞましいグリーンに重ね塗りされ、腐りかけたアボカドのコラージュのようだった。手摺がなくなっているところには、錆《さ》びた鎖が張られ、クレーン五基はボロボロになって、いまにも倒れそうだ。船尾寄り三分の二の部分にある上部構造は、薄汚れた白で、ブリッジの窓には埃《ほこり》がこびりつき、なかにいる乗組員が見えない。

ポートランド号と呼ばれるその骨董品《こっとうひん》の貨物船を眺めながら、ペリーはぞっとして首をふった。ヴァージニア州のCIA本部の上司《ラングレー》が、重要な作戦をこのボロ船に託した理由が、下っ端の工作員のペリーには想像もつかなかった。荷物を自分のコンテナ船に無事に積み替えることができれば、すこしは安心できるだろう。

ペリーが乗っている〈マンティコラ〉も、けっして上等な船とはいえないが、ポートランド号より五十年は新しいだろう。ペリーが立っているブリッジは、船尾にある。〈マンティコラ〉は、ポートランド号よりも小ぶりだった。狭い港にはいれるように設計されていて、最近、分解修理されたクレーンが二基ある。

ペリーは船長のほうを向いて、スペイン語でいった。「向こうのクレーンではなく、こっちのクレーンでコンテナを積み替えるようにしてくれ」

「シ、セニョール」船長が答え、軽蔑《けいべつ》のまなざしをポートランド号に向けた。「あのクレーンじゃ、羽根枕《はねまくら》を運ぶ気にもならない」

「積み替えにどれくらいかかる？」

船長がブリッジの時計を見た。14：17。「ポートランド号の船長との取引を終えたら、コンテナ十四台を積んで固定するのに、一時間もかからないだろう」

「で、ニカラグアにはいつ到着する？」

「進路に速力を落とさなければならないような悪天候はないと予想されているので、一週間以内には着く」

「結構。では、さっさと片付けよう」

ペリーはブリッジを出て、縄梯子を伝い、水面におろしてあった救命艇に乗った。

ポートランド号は、〈マンティコラ〉の船首右二〇〇ヤードで停止していた。たしかではなかったが、おんぼろ貨物船はかすかに傾いているように思えた。ペリーは、ポートランド号に乗るのは気が進まなかったが、注文したものが受け取れるかどうか、貨物を確認する必要があった。

救命艇がポートランド号に到達すると、ペリーは乗り込み、白髪交じりの髪をポニーテイルにして、ハワイアンシャツのボタンがはじけそうなほど腹が出ている、五十代の男に出迎えられた。チノパンにはグリースの染みができ、ブーツはオイルにまみれ、無精髭《ぶしょうひげ》がのびていた。

男が手を差し出して、笑みを浮かべた。「わたしはチェスター・ナイト。この優秀な船の船長だ」グロスターのカジキマグロ釣り漁船からそのまま来たような、ニューイングランドなまりだった。

きれいな服でこの男に近づきたくなかったので、ペリーはいささかひるんだが、それでも握手を交わした。男の握る力は、意外にも強かった。

「ジャック・ペリーだ。貨物を見せてもらえるか？」

「おしゃべりは時間の無駄だというんだな？」ナイトが笑いながらいった。「それじゃ、こっちだ」

ナイトが、ポートランド号の甲板に並べてあったコンテナ四台のところへ、ペリーを案内した。〝ステレンボシュ精密フランジ〟と記された木箱が、コンテナにぎっしりはいっていた。

「注文したものが、すべて揃《そろ》ってる」ナイトがいい、ペリーに金梃子《かなてこ》を渡した。「自分で見てくれ」

「そうする」ペリーは答えた。よじ登って、木箱の上の板を剝《は》がした。

発泡スチロールで念入りに梱包《こんぽう》された南アフリカ製のヴェクターR5カービン十二挺《ちょう》が、なかに収められていた。ペリーはべつの木箱も調べて、おなじ銃がはいっているのを確認した。

下におりて、つぎのコンテナをあけた。それにはデネルY3自動擲弾発射機《AGL》が収められていた。

あとのコンテナ二台も、注文どおりの武器を収納していた。

「ちょっとした戦争を起こせるだけの武器がある」ナイトがいった。

じつは、それらの武器は、ニカラグアの反政府勢力が、麻薬カルテルに好き勝手をやらせている腐敗した社会主義政府と戦うのに使われる予定だった。

「なんのために使われるのか、気にならないのか？」ペリーはいった。

「まったく気にならない。代金さえ払ってもらえれば」

「売買を終えるのに使える場所はあるか？」

「船長室がちょうどいいだろう」ナイトはいった。上部構造にはいるよう、ペリーを手招きした。

船内は船外よりもさらにひどかった。甲板のリノリウムはひび割れ、隔壁には汚れがこびりつき、蛍光灯はまたたいて、通路に不気味な光を投げていた。

ナイトは、歩くときにかすかに脚をひきずっていたし、階段を登るときに苦しそうに咳《せき》をした。ナイトとポートランド号のどちらが先に寿命を終えるだろうかと、ペリーは思った。

ふたりは船長室にはいった。たちまちすさまじい悪臭に襲われ、ペリーは卒倒しそうになった。

ナイトが、ペリーの表情に気づき、バスルームのドアを閉めた。「便器を修理しないといけない」デスクの前の不安定そうな金属製の椅子《いす》を示した。「かけてくれ」

ペリーは、椅子の端に腰かけた。〈マンティコラ〉に戻ったら、服を捨てなければならない。

ナイトも座り、右脚をデスクに載せた。ズボンの裾《すそ》をめくって、膝《ひざ》のすぐ下で脚に固定されている傷だらけの義肢《ぎし》を見せた。義肢の端を掻《か》いて、にやりと笑いながらいった。「あの白鯨《はくげい》をそのうちに捜し出す」

「ナイト船長、取引を済ませよう」ペリーはいった。「予定がある」

「もちろんだ。金をもらうのはうれしいね」

ペリーは、携帯電話を出した。「口座番号を教えてくれれば、送金する」

「ポートランド号にはＷｉＦｉがない」

「〈マンティコラ〉のルーターに接続してある」

「いつかこの船にも取り付ける」ナイトが、紙切れを取って、何桁《けた》もの数字を読みあげた。

一千万ドルを送金したふりをして騙《だま》そうかと、ペリーは一瞬思ったが、そうはせずに送金指示を打ち込んだ。送金が終わると、ナイトに伝えた。半白の髪の船長が、デスクのボロ電話の受話器を取り、通信室に確認するよう命じた。

かなり手間取ったが、やがてナイトが笑みを浮かべてうなずき、受話器をかけた。

「売買は終わったようだ」ナイトがいった。握手を求められなかったので、ペリーはほっとした。

「それでは、〈マンティコラ〉の船長に、コンテナの積み替えを開始できると伝える」

「結構だね。ブリッジからわたしといっしょに見たらどうだ？」

「わかった」

ふたりはブリッジにあがり、乗組員三人に出迎えられた。船内の他の場所とおなじで、吐き気を催す光景だった。空き缶や煙草の吸殻《すいがら》が、甲板に散らばっていた。いくつかの計器盤のガラスが割れていた。いっぽうの窓が破れて、合板《ごうばん》とダクトテープで補修してあった。

乗組員のひとりがいった。「〈マンティコラ〉の船長が、コンテナを積み替えられるように横付けする許可を求めてます」

「許可しない」ナイトがいった。なまりは消えていた。

ペリーは、さっと首をまわした。「いったいどういうことだ？」

「目当てのものは手に入れた」

「取引を中止するというのか？」ペリーは愕然《がくぜん》とした。

「まあそうだ。金は無事にわれわれの口座に収まった。あの武器には、おまえたちのニカラグアでの私闘（自国の承認なしに外国の当事者とはじめる戦争）に使うよりも、ずっといい使い道がある」

ペリーは口をぽかんとあけた。「どうしてそんなだいそれたことを……？」

「顧客はどこにでもいる」

「たいへんな過ちを犯したことになるぞ。あんたたちが裏切ったときにポートランド号を乗っ取れるように、われわれの船で特殊部隊一個分隊が待機している。こんなあくどいことをやって、逃げられるとでも思っているのか」

ナイトが、〈マンティコラ〉のほうを顎で示した。「あれでわれわれに追いつけると思っているのか？」

「追いつけるに決まっているだろう」ペリーは、馬鹿にするように答えた。

「だとすると」マイクに向かって話すような感じで、ナイトがつぶやいた。「砲雷長《ほうらいちょう》、あのブリッジを破壊しろ」

ペリーが信じられない思いで見守っていると、船体と甲板の鋼板が何枚かスライドして、ミサイルを撃ち落とすためにアメリカ海軍艦が装備しているのによく似た、六銃身のガットリング機関砲一門が現われた。砲身が回転し、無防備な〈マンティコラ〉に機関砲弾の奔流《ほんりゅう》が浴びせられた。チェーンソーのような轟音《ごうおん》が耳朶《じだ》を打ち、ペリーは両手で耳をふさいだ。

徹甲弾《てっこうだん》が〈マンティコラ〉の上部構造に襲いかかって、ガラス、金属、肉体を貫通した。ブリッジはたちまち殺戮《さつりく》の場と化した。だれひとりとして生き延びられなかった。

〈マンティコラ〉が、漂流しはじめた。ペリーをポートランド号に送り届けた救命艇が、上部構造を破壊されたコンテナ船の向こう側の安全な場所へ逃げていった。

特殊部隊員たちが、武器を構えて〈マンティコラ〉の甲板に出てきた。折り敷き、アサルト・ライフルで狙《ねら》いをつけた。ひとりは携帯式対戦車擲弾発射機《RPG》を持っていた。

「あれを食らうわけにはいかない」ナイトがいった。「やつらを始末しろ」

ガットリング機関砲が向きを変えて、〈マンティコラ〉の甲板を掃射《そうしゃ》した。特殊部隊員たちに勝ち目はなかった。強力な機関砲弾を浴びて、血の池と肉片以外はなにも残らなかった。

ペリーは吐きそうになった。衝撃に打たれて、ナイトを見つめた。「われわれには取り決めがあったんだぞ。あんたは自分がなにを敵にまわしたか、わかっているのか？」

ナイトが肩をすくめた。ハエを一匹叩《たた》き潰《つぶ》しただけだというように、平然としていた。「おまえのボスに、もう用はないといえ。もっと儲《もう》けさせてくれる顧客がいくらでもいる」

隻脚《せっきゃく》の男とは思えないような力で、ナイトがペリーの両肩をつかみ、張り出し甲板に押し出した。手摺まで行くと、まるで人形でも投げ落とすように、いとも簡単にペリーをほうり投げた。ペリーは、五階建てのビルの高さから海へ落ちていった。

ペリーが水面に浮きあがり、必死で息を吸ったとき、ポートランド号のガットリング機関砲が船体の鋼板の奥に収納されるのが見えた。ポートランド号の機関が低いうなりとともに始動し、その場ですいすいと旋回して、〈マンティコラ〉に船首を向けた。舳先《へさき》の鋼板が横にスライドして、駆逐艦《くちくかん》の主砲並みの大きさの艦砲が現われた。〈マンティコラ〉に照準を合わせると、五発をたてつづけに発射した。徹甲弾五発が、喫水線《きっすいせん》に馬鹿でかい穴をあけた。

船艙に海水がなだれ込み、〈マンティコラ〉の船体が傾きはじめた。生き残りの乗組員が救命胴衣をつけて甲板に出てきて、海に跳び込んだ。

ナイトはポートランド号の張り出し甲板に立ち、そのすさまじい光景を楽しんでいた。ペリーを見おろして、意気揚々と手をふり、ブリッジにはいっていった。

舳先の鋼板が閉じはじめた。ポートランド号が回頭し、カタパルトで打ち出されたような勢いで遠ざかった。隠蔽《いんぺい》された兵器とおなじように、信じがたい速力だったが、ペリーが目にしたことは現実だった。

数十秒後に〈マンティコラ〉は転覆《てんぷく》し、竜骨《キール》から海水が滝のように流れ落ちた。海底に沈むのは時間の問題だった。海に浸《つ》かっている生存者を、救命艇がつぎつぎと拾いあげていた。

立ち泳ぎをして、拾いあげられるのを待つあいだに、ペリーは、ＣＩＡの上司にこの大失態をどう弁解しようかと考えていた。

2

ブラジル沿岸沖

　マイケル・ブラッドリー海軍大尉は、原子力攻撃潜水艦〈カ《K》ンザス・シ《C》ティ〉の食堂のベンチシートに座り、ジェレミー・ノーランド衛生員に耳を診てもらっていた。乗組員の朝食だったベーコンのにおいが、いまもあたりに漂っている。〈カ《K》ンザス・シ《C》ティ〉は、他のロサンゼルス級原潜とおなじで、軍医は乗っていないし、医務室もないが、ノーランドは大がかりな手術以外ならなんでもできる。診断を待つあいだ、ブラッドリーはテーブルの天板を指で叩いていた。

　海軍SEAL隊員のブラッドリーは、数日前から両耳の痛みと難聴に悩まされていたが、まもなく行なわれるブラジルとの合同海上演習からはずされるかもしれないと思って、ノーランドに会うのを避けていた。だが、けさ目が醒《さ》めると、指揮官のいっていることがまったくわからず、抗議したにもかかわらず、診察してもらうよう命じられた。

「悪い報せは？」ブラッドリーはきいた。自分の声が、枕に口を押し付けてしゃべっているようにくぐもって聞こえた。

ブロンドの髪が薄くて痩《や》せているノーランドが、うしろにさがって、眉《まゆ》をひそめた。口を動かしているが、ブラッドリーには不明瞭《ふめいりょう》な母音しか聞こえない。『スヌーピーとゆかいな仲間たち』の先生の声のような感じだ。

「ぜんぜんわからない」

ノーランドがポケットからメモ用紙とボールペンを出し、なにか書きつけた。書き終えると、ブラッドリーに見せた。

両側性急性中耳炎だと思う。ひどく感染している。中耳に液体が溜《た》まっている。もっと早く診察を受けにくるべきだった。

「ああ、わかってるよ」ノーランドよりも自分に腹を立てて、ブラッドリーはいった。「それで、どうするんだ？」

ノーランドがまた書いた。

抗生物質の注射と内服。液体がだいぶ多い。寝て休む。

ブラッドリーはがっかりした。

「いつまで？」

三日。聴力がいつ正常に戻るかによる。

「三日も？　機動演習はあすはじまるんだ。作戦の準備をしなければならない」

あいにくだな、相棒。あんたの鼓膜はかなり圧力がかかってて、破れるかもしれない。そうなったら、何週間も働けなくなる。

ブラッドリーは、拳《こぶし》をテーブルに叩きつけた。はじめてSEAL輸送艇《SDV》を操縦する予定だったのだ。魚雷も一本か二本発射することになっている。SDVは、〈カンザス・シティ〉の船体上のドライデッキ・シェルターに収まっている。

〈KC〉の船体に取り付けるために、バス一台分の大きさのドライデッキ・シェルターが、C‐17輸送機で運ばれてきたとき、ブラッドリーはその場にいた。シェルターのなかごろの部分が、セイルの船尾寄りの前部ハッチと接続された。そのハッチを通って、シェルターのアクセス室と呼ばれるエアロックにはいることができる。シェルターの船首寄りには、深海での任務から戻ってきた潜水員のための減圧室がある。エアロックの船尾側は注水された頑丈な造りの格納庫で、そこに全長五メートル弱のSDVが固定されている。SDVは超小型潜水艇で、与圧されていない。そのSDVは最新型のＭｋ９で、ブラッドリーは作戦とおなじ環境で一カ月、運用訓練を受けていた。それなのに、六歳児がかかるような疾患のせいで、任務からはずされかけている。

「わかったよ」ブラッドリーは、不機嫌にいった。「抗生物質を打ってくれ」

ノーランドが、べつのメモ帳とボールペンをブラッドリーに渡した。

いわれたことをきみが理解するには、相手に頼んで、このメモに書いてもらわないといけない。そう伝えてから、ノーランドはドアのほうを指差して、注射器のプランジャーを押す仕草をした。

ブラッドリーはうなずき、ノーランドが出ていくと、作戦に参加できないと指揮官に報告しなければならないことを、くよくよ考えていた。

一分後、食堂の外の通路を乗組員ふたりが突っ走って通り過ぎるのが見えた。ふざけているのか、それとも緊急事態なのか、ブラッドリーには判断できなかった。戦闘配置の指示が出たのならば、ラウドスピーカーで伝えられている内容がわからなくても、ブラッドリーにも警報が聞こえるはずだった。

心配はいらないと判断したが、三人目が猛烈な勢いで通り過ぎた。見えたのは一瞬だけだったが、その水兵の服には血がついていたように思えた。

なにが起きているのか、ようすを見るためにブラッドリーが通路に出ようとしたとき、ノーランドが食堂に戻ってきた。

「艦内でなにが起きているんだ？」ブラッドリーはきいた。「三人が走って通り過ぎた。ひとりは出血しているようだった」

ノーランドは、うつろな目でじっと立っていた。ブラッドリーの体を透かしてそのうしろを見ているような目つきだった。皮下注射器が手からだらりと垂れていた。

「ノーランド？　どうしたんだ？」

話しかけられているのにようやく気づいたのか、ノーランドの目の焦点が合った。唇をふるわせ、怯《おび》えた表情だった。なにかを叫びはじめたが、ブラッドリーにはひとこともわからなかった。

「待て！　聞こえないのを忘れたのか？　落ち着け」

落ち着かせるつもりで、ブラッドリーは両手をあげたが、ノーランドはぎょっとしたようだった。

ノーランドが、短剣のように注射器をふりあげて、ブラッドリーを刺そうとした。ブラッドリーは身長一八八センチで、ラインバッカーの体格だったので、痩せたノーランドをなんなく払いのけた。

ノーランドは吹っ飛ばされてテーブルを越えたが、すぐに立ちあがって、注射器を武器のようにふりかざした。

ブラッドリーは、ノーランドが物静かな衛生員から逆上した異常者に突然、変身したことにとまどっていた。

「どうかしたのか？」

ノーランドがまたなにかを叫び、自分のいっていることを強調するかのように、両腕をがむしゃらにふりまわした。ブラッドリーは、首をふった。

「落ち着け、ノーランド！　ちくしょう！　おれは――」

ブラッドリーがいい終える前に、ノーランドがまた突進し、狂犬を撃退しようとしているかのように、注射器の針で切りつけようとした。

ブラッドリーは、ノーランドの手首をつかみ、うしろ向きにして、片腕を首に巻きつけた。注射器を持っているほうの手首を締め付けたが、ノーランドは注射器を放そうとしなかった。落とさせるには、手首を折るしかない。

だが、ブラッドリーはそうせずに、ノーランドがぐったりするまで首を絞《し》めた。甲板にそっと横たえて、意識を取り戻す前に押さえつけるのを手伝ってくれる人間を探そうとした。

だが、通路に出ると、手伝いを見つけるどころか、大混乱に陥っているとわかった。

総合格闘技団体アルティメット・ファイティング・チャンピオンシップの飛び入り自由の試合さながらに、水兵数人が二陣営に分かれて取っ組み合っていた。だが、多くの水兵は怯えて度を失っていた。ふたりは甲板で体をまるめて、あられもなく泣いていた。ひとりは茫然《ぼうぜん》として通路を歩きまわっていた。もうひとりは水密戸に思い切り頭突きをして、額に裂傷ができていた。

多種多様な訓練で鍛えられていたブラッドリーも、なにをすればいいのかわからず、凍り付いた。こんな状況の模擬訓練はやったことがない。乗組員が錯乱しているのは、神経ガスか放射能漏《も》れのようなことが原因かもしれないと思ったが、その可能性をすぐに否定した。自分はなんの影響も受けていない。この混乱を引き起こしたものがなんであるにせよ、それを受け付けていないのは、自分だけだ。

発令所へ行き、艦長を見つけなければならない。この状況は下部甲板に限られているかもしれない。

ブラッドリーは、狂乱している乗組員の攻撃をかわしながら、通路を進んでいった。梯子を登り、ようやく発令所にたどり着いた。当直員の一部が逃げて、制御ステーションの多くが無人になっていた。ふたりが重傷のために甲板に倒れていた。そのうちのひとりは副長《XO》で、後頭部に致命傷を負っていた。

艦長は両手で顔を抱えて、席に座っていた。

ブラッドリーは、そこへ走っていって、艦長の肩を揺すった。

「艦長！ 浮上する必要があります！ 乗組員がなにかに感染しています！」

謹厳な艦長がうろたえるのを、ブラッドリーはこれまで一度も見たことがなかったが、艦長の頰《ほお》をあらたな涙がこぼれ落ちていた。ノーランドとおなじような表情で、艦長は虚空《こくう》を見つめていた。

ブラッドリーは、艦長の頰を平手打ちしたが、催眠状態から醒まさせることはできなかった。艦長は甲板に倒れ込み、悲鳴をあげはじめた。

発令所全体が、大混乱に陥っていた。ひとりは熱心に作業をつづけているように見えた。ふたりいる操舵員《そうだいん》のうちのひとり、潜横舵《せんおうだ》を操作するプレーンズマンだった。決意をみなぎらせた表情で、操縦輪を前にぐいぐい押していた。

ブラッドリーは、深度計を見た。深度は一二〇〇フィートで、急速に沈降していた。まもなく潜降可能深度を超えて、船体が圧壊するおそれがある。

ブラッドリーは、プレーンズマンを座席からひきずり出し、頭を計器盤に叩きつけて失神させた。操舵員席に座り、操縦輪をふたつとも引いた。ロサンゼルス級原潜を操艦したことはないが、原則的なやりかたは、訓練を受けたＳＥＡＬのＳＤＶとたいして変わりがない。〈カンザス・シティ〉は深度一四〇〇フィートで水平になり、ふたたび浮上する姿勢になった。やりかたを知っていれば、バラストに空気を注入していたはずだが、入れるスイッチをまちがえたら、艦内に浸水するおそれがある。最大速力が出ていたが、減速する方法はあとで考えることにした。

通常の哨戒深度九五〇フィートを過ぎて浮上をつづけると、ブラッドリーはようやく楽に息ができるようになった。〈カンザス・シティ〉はそれまで、ブラジルのアマゾン川河口沖を巡航していたが、まだ着底していないので、大陸棚のもっとも浅い縁はやり過ごしたようだった。

交信できるようになったらブラジル海軍に無線で救助を要請しようと、ブラッドリーは考えていた。ブラジルの防御を潜り抜けて、アマゾン川河口の基地に侵入するのが、この機動演習におけるＳＥＡＬの任務だった。

深度五〇〇フィートに達したとき、ヘッドホンをかけた水兵が発令所にはいってきて、ヒステリックにわめいた。水兵がブラッドリーの腕をつかみ、座席からひきずり出そうとした。ブラッドリーは抵抗し、水兵を押しのけた。〈ＫＣ〉を浮上させることが、何事にも優先する。

水兵はめそめそ泣いていた。計器盤によろよろと近づき、スイッチを引いた。発射管扉を閉めたまま魚雷を発射するというような、艦を危険にさらす行為をしでかそうとしているのかもしれないと思い、ブラッドリーは座席から立って、水兵に向けて突進した。

だが、サイレンのうなりがかすかに聞こえ、なにをやっているかがわかった。衝突警報のスイッチだったのだ。水兵がヘッドホンをかけていたわけが、やっとわかった。水測員なのだ。

水測員がなにをわめいているのかは、聞こえなかったが、理解できた。ブラッドリーは、唇の動きを読んだ。

衝突に備えろ！

水測員がわめきつづけながら、発令所をよろよろと出て、艦首のほうへ向かった。ブラッドリーも、そこにあるソナー室へ行った。一台目のモニターを見て、なにが起きるかがわかった。

行く手に巨大な崖《がけ》があった。〈カンザス・シティ〉は、大陸棚の縁めがけて突き進んでいた。

ブラッドリーは発令所に駆け戻り、縦舵の操縦輪をめいっぱいまわした。〈カンザス・シティ〉が回頭しはじめたが、衝突を避けるのには間に合わなかった。

大陸棚の縁に激突したとき、〈カンザス・シティ〉は左に激しく揺れた。ブラッドリーは投げ出されて隔壁に激突し、右腕をぶつけた。鋭い痛みが肩まで走った。ポキリという音が聞こえなくても、折れたとわかった。

発令所のあちこちで警告灯がひらめいた。崖の面をこすりながら進んでいた〈カンザス・シティ〉が、金属のこすれる音とともに停止しそうになっているのがわかった。機械室が浸水したかどうかは定かでなかったが、スクリューがもう回転していないのが感じられた。

ブラッドリーは、折れていない左腕を使って、起きあがった。立ちあがったときには、〈カンザス・シティ〉は完全に停止していた。一〇〇フィートでとまっていた深度計の数字が、大きくなりはじめた。船体が左に傾き、崖の斜面をこすりながら、沈下していった。

ブラッドリーは、これで終わりだと覚悟した。水圧のために船体が圧壊するはずだ。だが、突然、一度大きく揺れてから、〈カンザス・シティ〉は艦首を下げた姿勢で停止した。深度計は二五〇フィートを示していた。岩棚にひっかかったにちがいない。

ブラッドリーは、通信室へ行った。極超長波無線機を作動できれば、〈カンザス・

シティ〉の状況と位置を艦隊に報せて、救助を要請できるはずだった。

そのとき、漂ってきたにおいを嗅《か》ぎ、背すじが冷たくなった。鼻につんとくる海水の潮気。

計器盤に手を置くと、船体を震動が伝わっているのがわかった。浸水している。それも急速に。

ブラッドリーが艦首のほうを向くと、海水が渦巻いてはいり込み、乗組員と残骸《ざんがい》を押し流しているのが見えた。艦内すべてが浸水するまで、一分もかからないだろう。

乗組員はもう死んだも同然だった。助けるためにやれることは、なにひとつない。

ブラッドリーが生き延びる手段はたったひとつ、SDVに乗ることだった。ドライデッキ・シェルターへ行くことができれば、小型潜水艇を使って水面に浮上し、溺死《できし》を避けられるかもしれない。

シェルターが取り付けられている船体のなかごろへ行くために、ブラッドリーは艦尾方向に駆けだした。そこへたどり着く前に、仲間のSEAL隊員のカルロス・ヒメネスに不意打ちされた。ヒメネスがブラッドリーを隔壁に押し付け、Kバー・ナイフで目を突き刺そうとした。ブラッドリーがあわやという瞬間に顔を横にずらしたので、ナイフの切っ先は脳を貫くことなく、鋼鉄の隔壁にぶつかった。

ブラッドリーは反撃したくなかったが、躊躇せずヒメネスに頭突きを食らわせ、鼻の骨を潰した。

ヒメネスがうしろによろけて、水かさが増している海水に足をとられた。

ブラッドリーは走りつづけて、〈カンザス・シティ〉の船体とドライデッキ・シェルターを連結している水密戸《ハッチ》に達した。片腕でよじ登るのはひと苦労だったが、悲運に見舞われた潜水艦内に閉じ込められる恐怖に衝《つ》き動かされて進みつづけた。

ハッチのハンドルをまわし、押しあけた。潜水艦とSDV格納庫のあいだのエアロックを兼ねたアクセス室は、潜水艦から電源をとっているので、照明がついていた。

ブラッドリーは、アクセス室にはいって、ハッチを閉めた。ヒメネスが追ってこられないように、ストラップで固定してあかないようにした。友人を殺さなければならないのが気になったが、そうするしかなかった。

格納庫にはいれるように、エアロックに注水してSDV格納庫とおなじ水圧にする前に、減圧室からエアタンクを一本持ってこなければならない。そのあと、SDVをシェルターから出すのに、数分かかるはずだった。片腕が使えないし、この深度では、それをやるまで息がつづかないかもしれない。

ハッチを閉めてあるのに、エアロックに海水が溢《あふ》れはじめた。漏れているのではなく、ヒメネスが潜水艦側から操作して、エアロックに注水しているのだ。

ブラッドリーはあわてふためいて減圧室に駆け込み、エアロックとのあいだのハッチを閉めた。エアタンク、中圧ホース、レギュレーターを急いで接続しているときに、重大な過ちを犯したと気づいた。

エアロックとの境の窓から覗《のぞ》くと、エアロックの上のほうまで水があがっているのがわかった。

もうハッチをあけることはできない。すさまじい水圧がハッチにかかっている。

減圧室に閉じ込められた。

ブラッドリーは、スクーバダイビングの機材を床に置いて、ベンチに座り込んだ。空気がどれほど残っているのか、見当もつかない。エアタンクが何本もあるとはいえ、だれかが助けにくるまでもたないだろう。

完全に打ちひしがれて座っていたが、やがてノーランドに渡されたメモ用紙をポケットに入れてあるのを思い出した。それを出して、左手でぎこちなく書き留めた。窒《ちっ》息死《そくし》する前に、〈カンザス・シティ〉の最後の航海で乗組員の身になにが起きたかを記録するのが、自分の責務だと思った。

3

ブラジル、ヴィトーリア

　ファン・カブリーヨは、独りでプールを往復するのを楽しんでいた。しばらく頭を空っぽにして、リズミカルな動きと、息継ぎに神経を集中するのは、カブリーヨの瞑《めい》想法《そうほう》のひとつだった。どういうストロークにするかということ以外には、なにも決断する必要がない。いまは広い肩幅と大きな指極《アーム・スパン》を存分に使って、水から跳び出しては前進し、バタフライで力強く泳いでいた。水中で宙返りしてプールの壁をキックしたときには、オリンピックサイズのプールを十九往復していた。一九〇〇メートル泳いだことになる。

　海水から目を守るために、カブリーヨはゴーグルをかけていた。二レーンのプールは、オレゴン号のバラストタンクも兼ねていて、満杯にするには海水を入れる。蛍光灯と白熱灯で晴れた日の昼光を模し、壁と床には白い大理石のタイルを貼《は》ってあるが、タンクにめいっぱい注水したあとは藻《も》がつきやすい。

その午後、カブリーヨはプールを独占していた。乗組員はほとんど保養慰労休暇《R&R》でヴィトーリアに上陸している。ヴィトーリアは、リオデジャネイロの約四五〇キロメートル北東にある、小さいが活気のある街だ。そこにはいいビーチが何カ所もあるが、カブリーヨは船内でのんびりして、運動し、すこし仕事をやるほうが望ましかった。夜になったら、葉巻バー兼ジャズクラブで、ブラジルの最高のプライムリブを食べながら、当たり年《ヴィンテージ》のカベルネソーヴィニヨンを飲むというお楽しみがある。

最近の任務を終えたあとで、カブリーヨとオレゴン号の乗組員は、当然とるべき休暇をとっていた。アメリカを目指していたISISのテロリスト分隊を二週間かけて追跡し、中南米に向かっていた貨物船でその連中を捕らえた。テロリストたちは、メキシコから国境を越えてアメリカに潜入し、各地でテロ攻撃を開始することをもくろんでいた。シリア人ISIS六人をCIAに引き渡すのに、オレゴン号からもっとも近かった陸地が、ヴィトーリアだった。

カブリーヨも、かつてはCIA工作員だった。隠密《おんみつ》活動ですばらしい働きをしたが、官僚機構に嫌気がさして、出世半ばでCIAを去り、アメリカ政府が明確に関与を否定できるような形で作戦を引き受ける隠密組織〈コーポレーション〉を設立した。そうした任務を実行するために、〈コーポレーション〉は、秘密作戦向けに改造されたオレゴン号を拠点に使っている。誘拐された要人の奪回、テロリスト組織への潜入、交戦中の国からの重要情報の収受、アメリカ合衆国に対する脅威の調査などが、〈コーポレーション〉の仕事の大部分を占めている。〈コーポレーション〉は、ともすれば傭兵《ようへい》に見なされがちだが、アメリカの利益だけのために行動するというのが、カブリーヨの第一の鉄則だった。アメリカと敵対する海外の勢力に雇われることは、とうてい考えられない。危険な仕事だし、何年ものあいだに仲間を何人も失った。だが、利益も大きかった。乗組員は全員、〈コーポレーション〉のパートナーとして利益を分配され、引退後はかなり贅沢《ぜいたく》な暮らしができるはずだった。

つぎの息継ぎのときに、タイルに自分の名前が反響するのが聞こえた。プールの反対側から呼ばれたので、カブリーヨは水中で反転し、自由形のクロールに変えて、速度をあげた。水泳を邪魔するくらいだから、急を要することにちがいない。

プールの端に達すると、カブリーヨは軽々と水から跳び出した。タオルを差し出しているマックス・ハンリーが、目の前にいた。

「そんなものがないほうが、すいすい泳げるのをご存じないようだな」マックスが、カブリーヨの手首のウエイトバンドと、抵抗を増やすために着ていたドラッグスーツを指差した。

カブリーヨはウエイトをはずして、タオルを受け取った。「わたしぐらいの歳では、今夜、ステーキを食べるのに見合う運動をしないといけないんだ」

カブリーヨの三十年上のマックスが、馬鹿にするように笑って、カブリーヨの無駄な肉のない体格を見た。「おれがあんたのいまの歳だったころに、そういう腹だったら、二番目の女房に棄てられることもなかったかもしれない」

「でも、三番目の女房を見つけたじゃないか」

マックスが肩をすくめて、太鼓腹を叩いた。「三番目の元妻は、亭主に速度じゃなくて癒《いや》しを求めてた。ほんとうだぞ。彼女の新しい亭主の写真を見せてやる」

カブリーヨはブロンドの長身で、ずっと太陽と海水を浴びてきたせいで日焼けしている——カリフォルニアのサーファーの典型だ——ベトナム戦争の帰還兵のマックスは、アイルランド人の祖先から蒼白《あおじろ》い顔色を受け継いでいる。赤毛と白髪をまわりに残して禿《は》げあがった頭頂が、てかてか光り、歳月、風雪、笑いによって刻まれた皺《しわ》が、赤らんだ頰を囲んでいる。

カブリーヨがマックスをうらやましいと思うことが、ひとつだけあった。それは、両脚が揃っていることだ。カブリーヨは右脚をタオルでなぞって、膝から下のチタンの義肢を拭《ふ》いた。いまは海の底に沈んでいる中国の駆逐艦の主砲によって、その部分は吹っ飛ばされた。カブリーヨは義肢に慣れているので、なんの不自由もないが、脚を失った日からずっと、幻肢痛《げんしつう》に悩まされていた。

「それで、用事があるから来たんだろう?」Tシャツを着て、スウェットパンツをはきながら、カブリーヨはきいた。「泳ぎに来たんじゃないのはたしかだ」

マックスがにやりと笑い、首をふった。「通路を歩いただけで、ステーキを食うのにじゅうぶんな運動になったよ」そこで笑みが消えた。今夜は食事に行けない。CIA本部から緊急通信が届いた。あんたとおれは、これから電話をかけなきゃならない」

「不吉な感じだな」

「仕事みたいな感じだぞ」

カブリーヨは、〈コーポレーション〉会長とオレゴン号船長を兼務している。マックスは社長で、指揮権上の次級者にあたる。ふたりでともに〈コーポレーション〉を設立し、マックスは技師としてオレゴン号の設計に携わった。カブリーヨにとって貴重な相談役でもあり、親子といってもいいくらい齢《とし》が離れているのに、ふたりはこのうえない親友だった。

バラストタンクを出ると、カブリーヨは水密戸を閉めて密閉した。「わたしの部屋から電話しよう」一分後に、ふたりはそこへ着いた。

オレゴン号に居住している乗組員はすべて、内装の予算をたっぷりとあたえられて、専用船室を割り当てられる。カブリーヨは、映画『カサブランカ』のリックの〈アメリカン・カフェ〉を模した古典的な四〇年代のしつらえを選んでいた。小規模な会議ができる応接間に、四人分のダイニングテーブル、ソファ、椅子があり、寝室にはアンティークのオークのデスクと古めかしい大型金庫があった。なかにはカブリーヨの個人用武器や、オレゴン号の貴重品が保管されている。活動用の現金、金地金《きんじがね》、出所をたどれないカット済みダイヤモンドもある。

旧式の電話機に至るまで、どの装飾品も本物だった。応接間に飾られたピカソの絵は、投資目的で〈コーポレーション〉が購入した美術品のひとつだった。船内を品よく見せるために数点が飾ってあるが、ほとんどは安全のために銀行の金庫室に保管されている。

カブリーヨとマックスは、テーブルに向かって腰をおろした。カブリーヨがタブレットコンピューターを使って、CIAの連絡担当の番号にかけた。応接間のいっぽうを占めている窓のように見えるものは、じつは高解像度のモニターだった。画面がヴィトーリアのスカイラインから、かつてCIAでカブリーヨの上司だったラングストン・オーヴァーホルト四世の顔の大写しに変わった。そもそも〈コーポレーション〉を設立するように勧めたのは、オーヴァーホルトだった。

オーヴァーホルトは、背後の窓のブラインドをおろして、オフィスのデスクに向かって座っていた。CIA幹部のオーヴァーホルトは、七十代にもかかわらず、銀行家のような名士らしい雰囲気を失っておらず、それにふさわしいスリーピースのスーツを着ていた。ニューイングランドに移住した最初の貿易商人を祖先に持つ財閥の流れを汲《く》み、CIAに長い歳月いるために、文字どおりの意味でも、比喩《ひゆ》としても、どこに死体が埋まっているかをすべて知っている。崇敬を集め、とてつもなく高く評価されているので、政治任命の長官の力では解任できない。そのため、退官の年齢を過ぎても、顧問の立場で勤務しつづけている。オーヴァーホルトはいつものように油断なく健康そうに見えた。健康維持に熱心で、定期的にジョギングし、ラケットボールをやっているからだ。

だが、困っているような顔でもあった。

「休養をとるのが当然なのに、邪魔をしてすまない」オーヴァーホルトが、バリトンで厳《おごそ》かにいった。「わたしたちのために前の任務を終えてから、二日しかたっていないのはわかっているが。きみたちは好都合なことにそこにいるし、いまは信頼できる人間があまりいないんだ」

カブリーヨは、不安げな目でマックスと顔を見合わせた。いつもなら、オーヴァーホルトはカブリーヨの濡《ぬ》れた髪や整えていない服装について、気の利いたことをいうはずだった。これほど不安そうなのは、オーヴァーホルトらしくなかった。

「われわれが捕らえたテロリストがどうかしたんですか?」カブリーヨはきいた。

オーヴァーホルトが首をふった。「もっと深刻なことだ。どうやら作戦本部に休眠《も》工作員《ぐら》がいるようだ」

「そう考える理由はなんですか?」マックスがきいた。

「三日前に、〈マンティコラ〉という貨物船が、きみたちが活動している場所からそう遠くない大西洋で行方不明になった。その後、けさになって生存者が乗っている救命艇を飛行機が発見し、救出のために一隻が向かっている。どうして沈没したのかは、まだわかっていないが、〈マンティコラ〉は指定されていた会合《ランデヴー》を行なったはずなのに、報告がなかった。大量の兵器が所在不明になった」

カブリーヨは、身を乗り出した。「CIA本部《ラングレー》で秘密漏洩《リーク》があるからだと考えているんですね？」

「生存者を回収したら事情聴取するが、この二日のあいだに近くでもうひとつ海難があったのは、偶然の一致ではない」

「もうひとつの海難？」マックスがきいた。

「まだ公表されてはいないが、ロサンゼルス級原潜〈カンザス・シティ〉が、乗組員すべてとともに沈没した。ブラジル沿岸沖で作戦行動中で、乗っていた海軍SEALチームが、演習を装ってCIAの任務を行なう予定だった。まだ残骸を探している段階だ。緊急位置標示信号は発信されていない」

「通信に不具合があるのではないですか？」カブリーヨは意見をいった。

オーヴァーホルトは首をふった。「そうではないと、われわれは考えている。その秘密作戦は、二十四時間前に開始されることになっていた。いうまでもないが、開始されていない。〈KC〉と連絡をとろうとしているが、まったく応答がない」

「あまり役に立てないと思いますが」マックスがいった。「海底捜索だったら、海軍と国立海洋海中機関《NUMA》のほうが、装備が整っているでしょう」

オーヴァーホルトが、溜息をついた。「嘆かわしいことだが、きみたちに連絡したのは、きょう第三の重大な非常事態が起きたからだ。それによって、前の二件はリークの結果だとわたしは確信した」

オーヴァーホルトが考えをまとめるあいだ、カブリーヨとマックスは黙っていた。

「メインフレームのコンピューターから、電子ファイルが盗まれていたことがわかった。身分を偽装して中南米のきわめて悪辣《あくらつ》な組織に潜入する任務を行なっている工作員三人の名前が、そのファイルに含まれている。われわれに確認できた限りでは、暗号化されたファイルを盗んだ人間はそれを読まずに、USBドライブにコピーし、普通の郵便で送ったようだ。受け取るのはリカルド・フェレイラ、南米のさまざまな犯罪組織にテクノロジーを供給しているブラジル人だ。テクノロジーは大部分が合法的だが、フェレイラは、違法な製品を現金で買う相手とも取引している。麻薬カルテル、反政府勢力、腐敗した政府など、どれだけ汚い相手でもお構いなしだ。身許がばれそうになっている工作員のひとり、ルイス・マシャードは、フェレイラの会社にいる」

「郵便を途中で奪えというんですか？」マックスがきいた。

「それは不可能だ」オーヴァーホルトはいった。「目的地に四十八時間後に到着すると思われるが、それがどこなのかわからない。USBが届いたら、解読され、工作員の身許がわかるまで、さして時間はかからない。マシャードもあとのふたりも、容赦なく拷問《ごうもん》されるだろう」

「姿を消せと警告することはできないんですね」カブリーヨはいった。

「こちらから工作員に接触しようとしたら、もぐらに三人の正体を教えることになる」

「三人はいまどこですか？」

「運よく、最後の連絡によって、今後二日間の居場所は正確にわかっている。さいわい、三人ともコパ・アメリカのためにリオへ行く。四年ごとに行なわれる南米の国際サッカー選手権だよ。それできみたちに連絡したんだ。三人を脱出させてくれ。それができるのはきみたちしかいない」

カブリーヨは深い溜息をついて、マックスにいった。「R&Rを切りあげて、全乗組員をオレゴン号に呼び戻し、任務立案会議をやらなければならないようだ」オーヴァーホルトに向かっていった。「工作員はリオのどこへ行くんですか？」

「それが厄介なんだ」オーヴァーホルトはいった。「ルイス・マシャードは、グアナバラ湾でフェレイラのヨットに乗る。ディエゴ・ロペスは、マラカニャ・スタジアムで試合を観戦する。ジェシカ・ベラスコは、シュガーローフ山（現地ではポン・ジ・アスーカルと呼ばれている奇岩）の山頂にある観光案内所を、投函所《デッド・ドロップ》に使うことになっている。情報と写真付きのファイルを、いまからそちらに送る」

カブリーヨは、驚いて口笛を鳴らした。「ざっくばらんにいいましょうか。世界最大の都市のひとつで、三カ所同時に別個の隠密抽出《エクストラクション》チームを動かす必要があるわけですね？」

オーヴァーホルトが、重々しくうなずいた。「そうしないと、工作員は三人とも死ぬ」

4

リオデジャネイロ

　四十八時間後、カブリーヨは完全にくつろいでいるふうを装い、スピードボートの後部座席にゆったりと座っていた。両腕をひろげ、楽しそうににやにや笑っていた。いつもどおり、任務によって血中にアドレナリンがさかんに分泌《ぶんぴつ》していたが、のんびりした態度がそれを隠していた。スピードボートの艇首から油断なく見張っている護衛ふたりを、カブリーヨはちらりと見た。スーツのジャケットが、拳銃で膨らんでいる。そのふたりは、いまのところ脅威ではなかった。任務の詳細を頭のなかでたどりながら、カブリーヨはリオデジャネイロのすばらしい景色を満喫しているふりをしていた。

スピードボートは、ブラジル第二の都市の輸送拠点になっている四〇〇平方キロメートルの港を擁《よう》するグアナバラ湾を航走していた。右手の遠方では、コルコバード山のてっぺんで、巨大なキリスト像が両腕をひろげている。もっと手前の湾口近くには、シュガーローフと呼ばれる、一枚岩で高さ三九六メートルの眼球片麻岩《がんきゅうへんまがん》の奇岩がそびえている。十七世紀の要塞《ようさい》跡がある、ラージェ島という小島もある。海軍基地三カ所と、港に架かる全長一万三二九〇メートルのリオ・ニテロイ橋も見えた。一行が向かっているのは、スピードボートと橋との中間に投錨している〈ドラゴン〉という超大型豪華ヨットだった。

「パーティが真っ盛りのようだな、ミ・アミーゴ」カブリーヨは、スペイン語のなまりがきつい英語で、エディー・センにいった。ビキニや〈スピード〉の水着姿の客がおおぜい、全長六〇メートルのヨットの広い後甲板で踊っているほうを指差した。

エディーがうなずいて、答えた。「お楽しみに混じれないのは残念ですね」エディーは英語で話していたが、聞いているものは、発音からして北京語が母国語だと思うにちがいない。じつは、エディーはマンハッタンのチャイナタウンで生まれ育った。

ふたりとも変装していた。カブリーヨは、茶色のコンタクトを入れて、髪を黒く染《そう》め、団子鼻を付けて、正体を隠していた。カブリーヨよりも小柄で筋肉質の痩身《しん》のエディーも、元CIA工作員で、長年、中国で潜入工作員をつとめていた。エディーは眉の上に偽《にせ》の傷痕《きずあと》をこしらえ、刈り込んだ顎鬚を付けていた。

「水着を持ってこなかった」カブリーヨはいった。エディーとおなじように、ビーチウェアではなく、ぴたりと合っている注文仕立てのスーツを着ていた。風はあったが、午後なかばの燃える太陽のせいで蒸し暑く、汗をかいていた。

「わたしは、よく冷えたアルコール飲料のことを考えていたんですよ」エディーがいった。「カイピリーニャ（ブラジル産蒸留酒カシャッサがベースのカクテル）を飲みたいな」

「あとでおごるよ」

ふたりとも、ブラジルの代表的なカクテルをいま飲むつもりはなかった。これから南米でもっとも強大な武器商人と会うのだから、酔うわけにはいかない。カブリーヨとエディーは、ボディガードやアシスタントを連れてくることを許されなかった。ふたりだけで来いというのが、〈ドラゴン〉の所有者リカルド・フェレイラの命令だった。

スピードボートが、ヨットの船尾に横付けされた。カブリーヨとエディーは、ヨットに乗り移り、チノパン、サンダル、ボタンをはずしたシルクのシャツといういでたちの男に出迎えられた。シャツの前をはだけているのは、平たい腹と毛のない胸を見せびらかすためだった。男が護衛のほうを見ると、護衛がうなずき、ふたりの客を徹底的にボディチェックして、武器も盗聴器もないのを確認したことを伝えた。ふたりの携帯電話は、先ほど桟橋《さんばし》で取りあげられた。

その男、リカルド・フェレイラが、笑みを浮かべて、カブリーヨとエディーを見た。「おふたかた」流暢な英語でいった。「約束の時間よりも三十分早いが、アポイントメントに空きができたので、よろこんで話を伺います」

交互に握手を交わしてから、カブリーヨはいった。「フェレイラさん、ようやくお目にかかることができて光栄です。コロンビアの友人たちが、フェレイラさんのご招待にかなり興味を抱いている」カブリーヨは、世界最大のコカイン供給者のひとつであるボカス・カルテルの頭目、ホルヘ・ゴンサレスのふりをしていた。

「上海のわたしの友人もおなじです」エディーがつけくわえた。「輸送しなければならない生産品《プロダクツ》（密売される麻薬のこと）の量が、急激に増えているんですよ。フェレイラさんに輸送問題を解決していただけるのを願っています」エディーは、アジア最大のヘロイン密輸業者の代理、陳露《チエン・ルー》を演じていた。

「おふたかたが利用できるものが、わたしのところにあると思います」フェレイラが、満面に笑みを浮かべた。「わたしが提供する品物は、そう安くはないが、見てもらえれば、それだけの価値がじゅうぶんにあると、わかってもらえるはずです。こちらへどうぞ」

カブリーヨが階段を昇るのを、フェレイラはじっと見ていた。「義肢を使っているにしては、みごとな歩きぶりですね。ぎくしゃくしていない。どっちの脚ですか?」

カブリーヨは立ちどまり、ズボンの右裾をめくって、プラスティックのふくらはぎを見せた。桟橋でボディチェックをした護衛が、フェレイラに報告したにちがいない。「膝までだ」カブリーヨはいった。「本物の義肢だというのを、そちらの部下が確認したよ」

「必要な予防措置なので」フェレイラが、すまなそうにいった。「どうして失ったんですか?」

「バイクの事故で」カブリーヨは嘘《うそ》をついた。

フェレイラがうなずいた。「危険な趣味だ。わたしが楽しんでいるリスクは、もっとビジネス志向だよ」

得ていた情報が正しかったので、カブリーヨはほっとした。フェレイラは、ホルヘ・ゴンサレスの写真は見たことがあるが、ふたりが会ったことは一度もない。だから、ゴンサレスの両脚が無傷であることを知らない。ゴンサレスは三十分後に本物の陳露とともに〈ドラゴン〉に到着する予定なので、カブリーヨとエディーはその前に任務を完了しなければならない。

ふたりは、ひとり目の工作員を連れ出すA《アルファ》チームだった。ルイス・マシャードを脱出させるのに成功したら、マラカニャ・スタジアムにいるオレゴン号のB《ベータ》チームと、シュガーローフ山のG《ガンマ》チームに、あとの工作員ふたり――ロペスとベラスコ――を脱出させるのに支障はないと伝える予定だった。

フェレイラが先に立って、カブリーヨとエディーを案内し、後甲板のパーティ客のあいだを進んでいった。数メートルごとに立ちどまり、友人をハグしたり、笑ってふたことみことと交わしたりしていた。船内にはいると、フェレイラは下甲板へふたりを連れていった。

歩きながら、フェレイラがいった。「おふたかたには、おたがいの利益になる取り決めがあるようだね」

カブリーヨはうなずいた。「ふたりとも、利潤が大きい新市場への投資に興味を持っている。アメリカではわれわれの生産品の価格が下落しているが、陳さんの生産品の価格は、オピオイド危機（オピオイド系の合成麻薬の鎮痛剤〈オキシコドン〉が処方薬として濫用され、アメリカ国内で蔓延している問題）のおかげで、急騰している」

「そして、わが国では富裕層が爆発的に増えています」エディーがいった。「上流階級のコカイン需要が、急激に増えています。それに反して、ヘロイン市場はあまり大きくないので、新しいビジネスチャンスを探しているところです。アメリカも中国も、麻薬密輸への取り締まりを大幅に強化しはじめました」

「輸送中に押収され、毎月、数千万ドルの損失が出ている」カブリーヨはいった。

「それなら、あなたがたはうってつけの場所に来た」フェレイラが、顔いっぱいに笑みを浮かべていった。「あなたがたの心配事は解消される」

護衛のひとりが、下甲板に通じるドアをあけた。そこはひろびろとしていて、十人ほどが集まっていた。護衛も数人いたが、四人は技術者らしくカバーオールを着て、魚雷に似たもののまわりでかがんでいた。千ドルくらいしそうなスーツを着た男が、作業を監督していた。

フェレイラが、その男を呼び寄せた。「ゴンサレスさん、陳さん、こちらはロベルト・エスピノサ、スリップストリーム・プロジェクトの中心人物です」

握手を交わすときに、カブリーヨはエスピノサを冷静に眺めた。無精髭を小粋《こいき》に整え、黒い髪がつややかで、『スカーフェイス』のエキストラのように見える。エスピノサが、正体がばれそうになっているCIA工作員ルイス・マシャードだということを、カブリーヨが知らなかったら、麻薬密売業者だと確信していたにちがいない。

「お目にかかれてよかった、エスピノサさん」カブリーヨは、脱出支援チームに無線で教えるために名前を呼んだ。歯列の奥のほうにモラーマイク（上顎の奥歯にひっかけて使う通信装置）を仕込んである。応答は骨《こつ》伝導によって耳に届く。まるで頭のなかから声が聞こえてくるような感じだった。

「では、さっそく装置を見せてもらえますか？」エディーがきいた。「このあと、べつの予定があるので」

「マラカニャ・スタジアムの近くへ行くのではなければいいが」フェレイラがいった。「ペルー‐メキシコ戦が終わったら、大渋滞になる」

コパ・アメリカには、中南米各地から観光客が殺到するので、密輸組織が集まって取引をしても、過度の注意を惹《ひ》くおそれがない。

カブリーヨは首をふった。「つぎの会合はイパネマ・ビーチだ。しかし、あすコロンビアがブラジルをやっつけるのは、楽しみにしている」

フェレイラが、にやりと笑った。「そちらのチームが負けても、わたしを恨まないでほしいね」

「わたしたちの輸送問題を解決してくれれば、恨まないよ」

「では、解決してあげよう。スリップストリームは、アメリカや中国の沿岸警備隊が備えているどんな探知機器でも回避できる。二度と貨物を押収されないと保証する」

技術者たちに手で合図した。「見えるように、脇にどいてくれ」

技術者たちが従い、カブリーヨとエディーが見にきた物体から離れた。

それは魚雷ではなかったが、形はよく似ていて、全長は約六メートルだった。上面のなかごろの扉二枚が上にあいて、防水の収納部が見えていた。

カブリーヨは、すばやく暗算した。積載が可能な量と、コカインの現在の市場価格からして、一億ドル相当の生産品《プロダクツ》を運ぶことができる。

フェレイラが、得意げにそれに近づいた。「スリップストリームは、麻薬業者がずっと追い求めていた聖杯なんだ、友よ。完全に再使用が可能で、探知されない、潜水ドローンだ」

5

わずか二〇〇ヤードしか離れていないところで、リンダ・ロスが〈ドラゴン〉を見張っていた。リンダが操縦していた〈ゲイター〉は、グアナバラ湾の水面の一八〇センチ下でひそかに懸吊《ホヴァリング》（推進力をゼロにして、おおむね沈下も上昇もせずおなじ深度をたもつこと）していた。〈ゲイター〉は潜水艇と水上艇のハイブリッド型で、いまはバッテリーを使っている。ディーゼル機関に空気を供給するシュノーケルを水面上に出すと、無用の注意を惹くおそれがあるからだ。

カブリーヨがルイス・マシャードの変名を口にすると、リンダは脱出支援に備えて、〈ゲイター〉を〈ドラゴン〉にじわじわと接近させた。リンダは元海軍士官だが、〈コーポレーション〉に参加するまで潜水艇を操縦したことはなかった。ずっと水上艦勤務だった。いまではカブリーヨを除けばオレゴン号でももっとも有能な潜水艇操縦員だし、〈ゲイター〉は秘蔵っ子だった。

〈ゲイター〉は、隠密作戦用の多用途艇だった。探知されずに港や海軍基地に侵入するために、長時間バッテリーだけで航走でき、フル装備の戦闘員を十人運べる。長さ一二メートルの上甲板は平たくなめらかで、浮上しても水面から出るのはコクピットの展望塔の細い窓だけなので、夜間襲撃中にはほとんど姿が見えない。高速で逃走しなければならなくなったら、一〇〇〇馬力のディーゼル機関を始動し、〈シガレット〉のレーシングボートのように水面から浮きあがって、五〇ノットで航走できる。

リンダは、そういった可能性すべてに準備を整えていた。〈コーポレーション〉副社長のリンダは、作戦部長として任務の準備に深くかかわっている。今回の任務は、流動的な要素が多く、ことに複雑だった。確実な計画を立てることができたと、リンダは思っていたが、予想外の困難が持ちあがったときに、カブリーヨが台本からはずれる傾向があるのも承知していた。カブリーヨの有名な〝代案の代案《プランC》〟が浮上するのは、代案《プランB》が突拍子もない難局から脱け出すのにじゅうぶんな手立てではない場合が多いからだ。リンダが海軍を辞めたのは、あまりにも硬直した組織だったからだが、それに慣れていたので、いまの仕事に必要とされる即興の行動に適応するには、かなり時間がかかった。

「マシャードは会長たちといっしょにいる」リンダは肩越しにいった。狭い空間で、声の甲高さが弱まっていた。〈ゲイター〉を操縦するときに、カブリーヨのような長身の男が狭いコクピットによく耐えられるものだと、リンダは不思議に思った。だが、リンダには快適なコクピットだった。士官としての権威が絶えず試練にさらされる海軍では、リンダのように小柄なのは不利だった。しかし、〈コーポレーション〉にくわわると、そんなことはどうでもよくなった。ここでは小柄な体がぴったりとはまる。

「こっちももうすぐ準備ができる」片手でノートパソコンのキーボードを叩き、反対の手で缶入りの〈レッドブル〉を飲みながら、マーク・マーフィーがいった。

「いいかげんにしなさいよ」リンダはいった。「ここにはバスルームがないんだから。前の任務のあと、いっぱいになったペットボトルを二本、捨てなきゃならなかったのよ。はいってた黄色い液体は、レモネードじゃなかったし」

「おれじゃないよ」マーフィーがいった。「おれの膀胱《ぼうこう》はラクダなみにでかいんだ。一度も便所に行かないで、六時間ぶっつづけで〈コール・オブ・デューティー〉（シューティングゲーム）をやったこともある。だけど、便所に行ったら、ナイヤガラの滝なみだったけどね」

リンダは、にやにや笑いながら、首をふった。「どっちもありそうな話。それに、聞きたくもないわ」

マーフィーはオレゴン号の乗組員にはめずらしく、軍隊を経験していないが、リンダは似た者同士だと感じていた。マーフィーは、カブリーヨに勧誘される前は民間人兵器設計者として、アメリカ軍のために働いていた。ふつうの学生が卒業後何年もかけて修得するような博士号をずっと早く得ているほど、高い知力を備えているので、オレゴン号以外の船ではとうてい検閲《けんえつ》に通らないような生きかたも、すんなりと許されている。

熱心なスケートボーダーのマーフィーは、まさにそういう外見だった。癖のある茶色の髪はもじゃもじゃで突っ立ち、黒ずくめの服を好み、仕上げは薄い口髭と顎鬚だった。きょうはジーンズ、〈コンバース・オールスター〉、好きなヘビメタバンド〈ニユークラー・ロボトミー〉の名入りのだぶだぶのTシャツという格好だった。Tシャツの血文字によれば、そのバンドは〈ヘイト・ゴルゴン〉というバンドとツアーを組んだらしい。

なんの根拠もなしに決められるドレスコードに叛旗《はんき》を翻《ひるがえ》したいというマーフィーの気持ちが、リンダにはよくわかっていた。マーフィーの場合は、それが服だった。リンダの場合は、髪だった。海軍の制約から解放されると、リンダは髪型と色をしじゅう変えるようになった。いまはカールしたエレクトリックブルーの髪が、波打って肩へ流れ落ちている。

「わたしもやっていないぞ」〈ゲイター〉のもうひとりの乗客、ゴメス・アダムズがいった。「わたしはそれ以上長く、休憩なしで任務飛行をやったことがある」

ジョージ・〝ゴメス〟・アダムズは、オレゴン号でヘリコプター・パイロットとドローン・オペレーターを兼ねている。〈コーポレーション〉に参加する前は、ナイトストーカーズと呼ばれる第一六〇特殊作戦飛行連隊にいて、陸軍のレインジャーやデルタ・フォースのチームを、戦闘地域に運んでいた。『アダムス・ファミリー』のモーティシアに似た人妻と関係を持ったために、アダムズがゴメスというコールサインを献上されたことを、リンダは知っていた。ゴメスはブロードウェイ・ミュージカルで見た俳優みたいだと、リンダは思っていた。ゴメスのほうがずっと美男で、端が跳ねあがっている口髭を生やし、油断なさそうな目はグリーンで、いかにもエース・パイロットらしく、うぬぼれと自信を発散させていた。

とはいえ、リンダはゴメスと付き合いたいとは思わなかった。恋愛がうまくいかなくなったら、オレゴン号の船内という狭い生活空間で、友情と仕事上の人間関係が崩れるおそれがある。プラトニックな関係を守るというのが、〈コーポレーション〉の暗黙のルールだった。それに、口髭はリンダの好みではなかった。チクチクする。

「ドローンのほうはどう?」リンダはゴメスにきいた。

ゴメスが、両方の親指を立てた。「発進準備ができたと、オレゴン号が知らせてきた。いつでも会長の舞台装置《セット》に行ける」

「兵装の準備は?」

「必要なときはいつでも使える」マーフィーが答えた。

〈ゲイター〉は多種多様な兵器や機器を備えている。サブマシンガン、アサルト・ライフル、特殊閃光《せんこう》音響弾、RPG。すべてが計画どおりに進めば、必要にはならないはずだった。カブリーヨとエディーが、マシャードとともに位置についたら、ゴメスがドローンの群飛《スウオーム》を飛ばして〈ドラゴン〉を撹乱《かくらん》し、注意をそらす。その隙《すき》に、カブリーヨ、エディー、マシャードが脱出する。

小さな四回転翼機《クワッドコプター》のドローンは、船尾のパーティ客に発見されるおそれがすくない船首側から、水面すれすれを飛んで接近する。〈ドラゴン〉に到達したら、着船して、小さな爆薬と発煙弾を起爆する。船体を損壊したり、人間に怪我《けが》を負わせたりすることはないが、注意をそらし、混乱を起こして、三人がヨットを覆う煙にまぎれて海に跳び込むのを可能にする。〈ゲイター〉は短いあいだ浮上して、三人を乗せ、またすばやく潜航する。必要とあれば掩護《えんご》射撃ができるように、マーフィーとゴメスが準備している。

ゴメスは、水面からアンテナを突き出すことなく、浮かんでいるアンテナを使って、ドローンを制御していた。だれかがそばを通っても、海藻かゴミにしか見えないはずだ。リンダもその発信機を使って、潜望鏡を出さずに〈ゲイター〉の位置を確認していた。湾の上空を旋回しているカモメに似せた有翼ドローンが、高度一〇〇フィートを飛び、高解像度の画像をリンダ、マーフィー、ゴメスに送り、その画像に〈ゲイター〉の位置が赤い点で示されていた。

「Ａ《アルファ》チーム、こちらＯ《オメガ》」リンダが、無線でカブリーヨとエディーに伝えた。「そちらの右舷なかごろに接近中。いつでもやれる。Ｂ《ベータ》とＧ《ガンマ》は、まもなく位置につく」

モラーマイクを舌で二度叩いて、カブリーヨが受領通知を返した。

あとは、カブリーヨが合図の言葉を口にするだけで、作戦が開始される。

〝ほんとうに静かだ〟というのが、合図の言葉だった。

6

「のんびりした旋回をつづけろ」アブデル・ファルークが、小型モーターボートの操縦手に命じて、制御盤にかがみ込み、ヘッドホンで音を聞いた。「景色を楽しんでいるように見せかけるんだ」

〝複製《イミト》〟組織の新人構成員のリー・クォンがつぶやいた。「簡単だよ」ハンドルを時計まわりにすこし動かし、グアナバラ湾の〈ドラゴン〉の四分の一海里南で、旋回しはじめた。

ファルークは、いらだってリーのほうをちらりと見た。「退屈なのか?」

リーは四十代のはじめで、鼻が上を向き、もじゃもじゃ眉毛で、縁なし眼鏡をかけている。「こんなことより、もっと刺激的なことをやると思っていた。おれがどういうことをやってきたか、知っているはずだな」

「もちろんだ」ファルークはいった。後退している生え際と額をハンカチで拭《ぬぐ》った。

リーよりも十五年上で、体形も崩れているファルークは、蒸し暑いのが苦手だった。

「おまえはシンガポールで海運会社を所有していた」

「ゼロから登りつめた。漁船一隻からはじめて、会社を興《おこ》し、東南アジアの最大手海運会社にした。いまはどういうわけか、リオデジャネイロくんだりで、ちっぽけなモーターボートを操縦している」

「おまえはアメリカの秘密を中国に売ったせいで、会社を失ったんだ。終身刑になる前にブラジルに逃げられたのは、幸運だった」

リーが薄笑いを浮かべた。「ここにあんたといっしょにいる理由《わけ》がわからないといっているんだ」

「おまえの知らないことはいっぱいある」

「教えてくれる気はないのか？」

ファルークは座りなおして、ヘッドホンを首までおろした。装置の準備はできている。何分かかけて、リーにあらかじめ事情を教えてもいいだろうと思った。リーは組織の条件に同意していた。組織のことを外部の人間に話すか、なんらかの形で裏切ったときには、殺される。想像もできないような恐ろしい目に遭う。掟《おきて》を破ったものたちの死体の生々しい写真が、どういう結果を招くかをリーに見せつけた。

一度〝イミト〟の構成員になったら、一生抜けられない。後戻りはできない。

「司令官がおまえを組織に入れた理由を知っているか?」ファルークはきいた。

リーは肩をすくめた。「うしろ暗いところがある人間が必要で、おれが当てはまったんだろう?」

「それに、船乗りとして優秀だからだ。だが、最大の理由は、どちらでもない」

「それはなんだ?」

「おまえには、組織の人間すべてと共通している点がある。おれがなにをやっていたか、知ってるか?」

リーは首をふった。

「おれはイギリスのサザンプトン大学で音響工学の学位を取った。そして、エジプト海軍のソナー主任技師になった。そこにいたときに、アメリカ海軍の空母をスエズ運河のどまんなかで沈没させる計画を立てた」

リーが、片方の眉をあげた。「実現していたら、知らないはずはない」

「実現しなかったのさ」ファルークは、おおげさに溜息をついた。「計画に失敗したときには、逃げるのがやっとだった。おまえとおなじように、母国には帰れない。われわれの計画は、オレゴン号という船の乗組員によって、未然に潰された」

それを聞いて、リーは背すじをのばした。「オレゴン号？　例の幻の船のことか？作り話だと思っていた」

「実在する」ファルークはいった。「それどころか、いまおまえが座っているところから見える」

リーが驚いて息を呑《の》み、首をめぐらした。港の桟橋にいる船、湾内で投錨している船、航行している船が、数十隻いた。

「どれだ？」

「当ててみろ」

リーは一瞬考えてから、クレーン三台が貨物を積み込んでいるコンテナ船を指差した。「あれか？」

「ちがうが、方角は合っている」

「ブラジル海軍艦のはずはない」リーは向きを変えて、橋の下を通っている新型タンカーを見た。

「あれだというのに賭《か》ける」

「その賭けに負けたぞ」ファルークはいった。「ピカピカですっきりしていて、目立ちすぎる。おまえはオレゴン号に何度も目を向けているのに、よく見ようとしない。

やつらの狙いはそこにある」

リーは、それがオレゴン号だとは予想もしていなかった船をじっと見た。かなり古い貨物船で、湾のまんなかで投錨していた。塗装がめくれ、船体のあちこちに錆が浮いている。上部構造はいまにも崩れそうだし、クレーンらしい代物《しろもの》は屑鉄《くずてつ》の山のようだ。

「あれか?」リーは驚きあきれてきいた。「タグボートに曳《ひ》かれて解体場に行くところなのかと思った」

ファルークがにやりと笑った。はじめてそれを見たときには、自分もそう思ったからだ。

「いまグアナバラ湾にいるどの船よりも、あれのほうが速いといったら、どう思う?」

リーがせせら笑って、ヨットから勢いよく離れていくスピードボートを指差した。

「あれよりも速いというのか?」

「ずっと速い」

「かつぐのはやめてくれ!」リーはオレゴン号のほうを向いて、ありえないというように手をふった。「あのボロ船は全長が一五〇メートル以上あるぞ。だいいち、自力航走できたら驚きだね」

「オレゴン号が積んでいるのは、ふつうのディーゼル機関じゃない。磁気流体力学機関で推進させている」

リーが眉間《みけん》に皺を寄せた。「それはなんだ？」

「船体を貫通しているチューブが、船首側で海水を取り入れて、超冷却した磁石で電子を除去することで電気を発生させる。それから、ジェットエンジンみたいに、船尾の噴射式推進装置から海水を噴出させる。とてつもなく速いだけじゃなく、すこぶる敏捷《びんしょう》な機動が可能だ」

リーは、あらためて感心したようにその船を見た。「そういう能力をうまく隠しているわけだな」

「隠しているのはそれだけじゃない。オレゴン号は先進的な軍艦でもある。攻撃用兵装として、魚雷、対艦ミサイル、エイブラムズ戦車の主砲とおなじ一二〇ミリ滑腔砲《かっこうほう》などがある。防御用には、対空ミサイル、船舶を撃沈する威力がある徹甲弾を発射できる二〇ミリ・ガットリング機関砲三門、百銃身で発射速度が毎分百万発のメタルストームを備えている」

「毎分百万発？　冗談だろう」

「有効発射速度だ」ファルークはいった。「一度に装塡《そうてん》できるのは千発だが、電子式雷管で数ミリ秒以内にすべて発射できる」

「敵にまわすのはごめんだな」

「海軍の駆逐艦も含めて、数多くの艦船が戦おうとした。いずれも悲惨《ひさん》な最期を迎えたよ」

「どうしてそういうことを知っているんだ?」

ファルークは、制御盤に視線を戻した。「司令官には、こういうことを教えるなと命じられている。だが、どういうものを相手にすることになるのか、おまえは知りたいだろうと思ったんだ」

「だけど、おれたちがここにいる理由の説明にはならない」

「顔を上に向けるんじゃないぞ。わかったか?」

「わかった」

「目だけで見ろ。上のほうを鳥が飛んでいるのが見えるか?」

リーが、目を上に向けた。「見える。だからなんだ?」

「あれは鳥じゃない。オレゴン号が放ったドローンだ。あのヨットに近づいている潜水艇と通信している。暗号化されているから、おれには傍受できないが、制御信号がどこから発信されているかはわかる」

ファルークが、正面の画面を顎で示し、リーが覗き込んだ。〈ドラゴン〉に近づいている白い点が表示されていた。

「当ててみよう」リーがいった。「この潜水艇は、オレゴン号から発進したんだな」

「呑み込みが早いな」ファルークが、感心していった。「オレゴン号の船体中央には、潜水艇数艘を収納できる、ムーンプールと呼ばれるスペースがある。竜骨《キール》に大きな扉があり、見られずに発進させることができる」

「それじゃ、潜水艇がおれたちのターゲットか？」

「そのとおり」

「理由は？」

「これからわれわれが妨害する任務に、それが加わっているからだ。音響幻惑装置が、やつらが予想していなかった難題を引き起こす」

「使われるのを見たことがない」

「潜水艇に乗っている人間にあたえる効果は見えないし、装置そのものも見えない」

音響幻惑装置は、ファルークの制御システムと毛髪くらい細いワイヤーで接続されている潜水ドローンに搭載《とうさい》されている。皮肉なことに、その潜水ドローンは、リカルド・フェレイラに売ったのとおなじ設計に基づいて作られていた。

「それじゃ、なにが見えるんだ?」

「結果だ」

「潜水艇にはだれが乗っている?」

「それよりも、ヨットに乗っているやつに興味を持つべきだな」ファルークは、音響幻惑装置の制御装置を作動させた。ターゲットがロックオンされた。

リーが、不満げに両手をあげた。「じらすのは、やめてくれ。だれなんだ?」

「われわれの共通の宿敵だ。おまえが会社を失い、おれがエジプトから逃げ出したのは、その男のせいだ。司令官がおまえとおれを〝イミト〟組織に入れたのは、その男のことがあったからだ。ファン・カブリーヨだよ」ファルークが、悪意のこもった笑みを浮かべた。「これから、そいつにさんざんな一日を味わわせてやるのさ」

7

カブリーヨは、フェレイラが自分のテクノロジーを自慢するのが不愉快になっていた。フェレイラは、スリップストリーム・ドローンを軽く叩き、地球上のもっとも悪辣な麻薬カルテルに利益をもたらすその装置を、まるで愛犬のように扱っていた。

「外板はすべてカーボンファイバーの複合材だ」フェレイラはいった。「潜航中にソナー音波を反射して、音響シグネチャー（識別データとなる特性）を減らすために、表面に微小《マイクロ》流路《チャンネル》をほどこしてある。搭載していた船もしくは潜水艦から発進したあと、二十四時間もつ蓄電能力がある」

「バッテリーの残量がなくなったらどうなる？」用心深い買い手を装って、カブリーヨはきいた。「これが海底に沈んだら、数億ドルの損失が出る」

「スリップストリームは、潜伏モードになる」ルイス・マシャードがいった。「浮上できる電力を残して、官憲が捜索をあきらめるのを待ち、回収できるように信号を発信する」

「じつによく考えられていますね」買い気が強いほうの役を演じているエディーがいった。「価格はいかほどですか？」

フェレイラが笑みを浮かべた。「これはテスト中の試作品だが、工場でいま生産しているから、一カ月以内に十二艘が完成する。当然だが、他の関係者からも絶大な関心を寄せられているが、妥当な値段をつけてくれれば、真っ先に供給してもいい」

「じっさいに使われるのを見る必要がある」カブリーヨはいった。「スリップストリームが象なみの大きさの張りぼてではないと、どうしてわかる？　金を注《つ》ぎ込む前に、ちゃんと機能するのを見たい」

カブリーヨが〝象なみの大きさの張りぼて〟といったときに、マシャードが目を丸くして見つめた。マシャードの偽装が暴かれたことを表わす、ＣＩＡの符丁《ふちょう》だったからだ。

「使えないものを、われわれが渡そうとしているという意味か？」マシャードがきいた。

「いったとおりの意味だ」カブリーヨは、マシャードを正面から見据え、わざとその言葉を口にしたことを伝えようとした。「これは象なみの大きさの張りぼてか？」

「諸君」フェレイラがいった。「スリップストリームは約束どおりに使えると断言する。まがい物を売りつけていたら、わたしがこれほどになるわけがないだろう」

マシャードが、急にフェレイラのほうを向いた。「ボス、ゴンサレスさんに空中ドローンを見せたいんですが」

「それがいい。われわれはあなたがたの生産物を、さまざまな手段で輸送できる。われわれのドローンは、遠隔操作で起爆できる爆薬を積んでいて、攻撃も防御も可能だ」

カブリーヨはエディーに目配せして、状況を説明するために、マシャードとしばらくふたりきりになりたいことを伝えた。

エディーがかすかにうなずいた。「われわれには空中ドローンがあるし、スリップストリームの値段について、フェレイラさんともうすこし話し合いたいですね」

フェレイラの笑みがいっそうひろがった。ドル記号が目の前で踊っているようだった。

「見せてやれ、ロベルト」フェレイラがいった。「すぐにわたしたちも行く」

マシャードがそこを出て、一層上へ行った。通路でふたりきりになると、怒りを顔に浮かべて、さっとカブリーヨのほうを向いた。

「あんたは何者だ?」

「ファン・カブリーヨ」アメリカ英語で、カブリーヨはいった。「ラングストン・オーヴァーホルトの指示で、きみを迎えにきた」

「なぜだ?」

「きみの偽装が暴かれた。フェレイラがきみの正体を知るのは、時間の問題だ」

「いま逃げるわけにはいかない!」マシャードが、まわりを見て、どなったのをだれにも聞かれていないことをたしかめてから、声をひそめた。「二年もかけて、フェレイラの組織に潜《もぐ》り込んだんだ。きょうのうちに、アメリカ大陸の主な麻薬カルテルの口座情報がすべてわかる。何十億ドルもの資産を凍結できるようになる」

「いま逃げなかったら、殺される前に拷問されて、CIAのカルテル潜入活動の情報をしゃべらされる。やつらはアメリカ政府に大打撃をあたえるだろう。せっかくの進《しん》捗《ちょく》が何年も前の状態に逆戻りし、きみが手に入れようとしている情報も得られなくなる」

マシャードが、焦燥にかられて通路を歩きまわった。カブリーヨはマシャードに同情した。自分も本部の馬鹿な官僚のせいで、任務を台無しにされたことがあった。

「すまない」カブリーヨはいった。「信じてくれ。ほかに方法があれば、きみが仕事を終えるのを手伝っていたはずだ」

マシャードが歩くのをやめて、打ちのめされたようすで壁にもたれた。

「おれが出ていくのを、フェレイラが黙って見ているわけがないだろう」マシャードはいった。「いま〈ドラゴン〉を離れたら、怪しまれるに決まっている」

「出口戦略がある。陽動作戦を準備してある。混乱に乗じて、きみ、わたし、エディ――陳に化けている男だ――が海に逃げる」

「岸まで泳ぐのか？」

「潜水艇が迎えに来る。乗り込み、だれにも気づかれないうちに潜航する」

「正気の沙汰《さた》じゃない」

「そのとおりだ」カブリーヨは相槌《あいづち》を打った。「だが、逃げなければならない。いますぐに」

マシャードが、溜息《ためいき》をついた。「わかった。どうすればいいか、いってくれ」

「わたしたちといっしょに、甲板に出る必要がある。甲板に出たら、わたしのチームに陽動作戦をはじめさせる」

「わかった。一分で戻る。スリップストリームの部屋で落ち合おう」

「どこへ行く？」カブリーヨはきいた。

「船室から取ってこなければならないものがある」マシャードがそういって、通路をひきかえしていった。「そこであんたが姿を見られるのはまずい」角を曲がって、姿を消した。

潜水ドローンが置いてある部屋へ歩いて戻りながら、カブリーヨはいった。「オメガ、こちらアルファ。二分後に海にはいる準備ができる」エディーおよびマシャードとともに甲板に出たら、カブリーヨは会話に〝ほんとうに静かだ〟という合図の言葉を紛れ込ませ、ドローンのミニ爆弾と発煙弾をゴメスが起爆させる。

カブリーヨは待った。応答がなかった。リンダらしくない。

「オメガ、こちらアルファ。受領通知しろ」

それでも応答がなかった。

さらに二度ためしたが、沈黙が返ってくるだけだった。通信システムの技術的故障かもしれない。こういう場合のために、予備の合図がある。甲板に出たら、両腕をひろげるのが、クワッドコプター攻撃を開始しろというゴメスへの合図だった。

潜水ドローンの部屋へ行くと、フェレイラがふりむいた。

「で、わたしたちのもうひとつのおもちゃをどう思う？」

「じつによくできている」カブリーヨはいった。エディーのほうを見ると、かすかに肩をすくめていた。やはりリンダから連絡がないのだ。

フェレイラが、笑みを浮かべた。「では、取引の話をしようじゃないか。陳さんとわたしは、おたがいにとってたいへん有利な取り決めを結んだ。そちらにもよろこんでおなじ条件を提案しよう」

カブリーヨが答える前に、頭のなかでリンダの声が聞こえた。怯えた声だった。

「ファン！」通信手順を破り、カブリーヨの名前を甲高く叫んだ。「会長！　やつらがこっちへ来る！」

フェレイラとその配下がいるので、カブリーヨは応答できなかった。モラーマイクを舌で三度叩き、なにもするなとリンダに伝えようとした。

リンダが必死でいった。「いま行かなきゃならない！」リンダは、パニックを起こすような性格ではないのに、ひどくうろたえていた。

「まだできない」カブリーヨは、状況をリンダに伝えようとして、フェレイラに向かっていった。

リンダはすすり泣いていた。「時間がない！」

そのとき、ミニ爆弾が破裂する音が船体を通して聞こえたので、カブリーヨは愕然とした。

8

リンダは、脳が自分に向かって悲鳴をあげているような心地がしていた。ヘッドセットをはずしたが、効果はなかった。体の奥底のなにかが、とてつもない危険が迫っていると告げていた。吸盤があるぬるぬるした貪欲《どんよく》な触手の映像が、意識のなかでひろがった。なんとしても逃げなければならない。カブリーヨに頼りにされているのはわかっていたが、逃げたいという気持ちのほうがずっと強かった。

ゴメスが、うしろでわけのわからないことをつぶやき、制御装置をふりまわして、見えない敵を攻撃しようとしていた。

「やっつけてやる!」ゴメスがわめいた。「やつらを全滅させる!」

ヨットの周囲で、クワッドコプターが無秩序に炎や煙を噴き出しはじめた。ゴメスがなにを狙っているのか、リンダにはわからなかったが、攻撃すべき敵ではないことはたしかだった。巨大なイカが襲ってくる。ドローンではそれを阻止《そし》できない。

マーフィーが、小悪魔《グレムリン》（飛行機や機械を故障させるとされる想像上の怪物）が潜水艇のバッテリーから出てくるといいながら、ハッチを必死であけようとしていた。

「ここから逃げ出さないといけない！」マーフィーがわめきながら、ハッチのハンドルをまわそうとした。

ゴメスが、叫びながらマーフィーに跳びかかった。「馬鹿な真似はやめろ！　やつらがはいってくる！」

〈ゲイター〉がイカに捕まえられて、押し潰される前になんとかしなければならないと、リンダは思った。船体をアルミ缶みたいにひきちぎられ、三人とも食われてしまう。浮上させてはいけないとわかっていたが、そうするしかなかった。逃げきるには、〈ゲイター〉のディーゼル機関の力が必要だ。

「浮上する！」

　操縦桿を引き、〈ゲイター〉が水面を割ると、リンダはバラストをブローした。〈ゲイター〉の船体が浮きあがった。

　そのとき、展望塔の窓から、貪欲な触手から逃れる好都合な手段が目にはいった。小さなボートが、〈ドラゴン〉の南をゆっくりと航走している。あの向こう側へ行けば、イカは〈ゲイター〉ではなくボートを餌《えさ》にするだろう。

リンダはディーゼル機関を始動し、回転をあげた。〈ゲイター〉が加速すると、ゴメスとマーフィーが床に転げ落ちたが、リンダは意に介さなかった。逃げなければならない。

マーフィーがゴメスを体の上から押しのけ、スケートボードから落ちたときのように、ぱっと立ちあがった。リンダがどこへ向かっているのかはわからなかったが、逃げるのは解決策ではないと思った。敵は艇内にいる。

容器から手榴弾《しゅりゅうだん》を一発出して、ピンを抜いた。頭がぼうっとしていて、種類はわからなかった。だが、どうでもよかった。

マーフィーが艇尾のほうへ手榴弾を投げようとしたとき、ゴメスが体当たりした。手榴弾がマーフィーの手から飛んだ。

手榴弾が爆発し、目がくらんで激痛に襲われたマーフィーは、膝を突いた。

潜水艇が水中から勢いよく出てきて、自分とリーのスピードボートめがけて突き進んでくるのを、ファルークは魅入られたように眺めていた。

「まっすぐこっちに来る！」リーがわめいた。「それも計画のうちだったのか？」

ファルークは心配していなかったが、リーはスロットルレバーを押して、速度をあげ、衝突を避けようとした。

「そうとはいえない」ファルークは、落ち着いて答えた。「音響幻惑装置が引き起こす結果は、予測できないことがある」

「警告、ありがとうよ」

「作戦を終わらせる潮時だ。意図していたことは達成した」

ファルークは、音響幻惑装置を切り、それを搭載したドローンがグアナバラ湾の反対側にいる母艦に戻れるように、座標を入力した。

電話を一本かけた。

「なんだ」先方が出た。

「戻ります」ファルークはいった。「任務に成功しました」

「知っている」司令官がいった。「ずっと見ていた」けたたましい笑い声をあげた。

「こんなに楽しいものを見るのは、久しぶりだ」

リンダが目をあけると、〈ゲイター〉の操縦桿の上に倒れ込んでいることに気づいた。脳震盪《のうしんとう》を起こして意識を失っていたようだが、どうしてそうなったのかわからなかった。

朦朧《もうろう》としてはいたが、おぞましい触手の映像は消え失せていた。

座席に寄りかかったが、シートベルトを締めていなかったら、ずり落ちてしまうところだった。ハンマーで殴《なぐ》られでもしたように、頭がずきずきと痛んだ。

リンダの聴力が戻る前に、だれかがベルトをはずして、座席から持ちあげた。視界もぼやけていたが、ゴメスとマーフィーがしゃべりながら、艇尾のほうへ運んでくれているのがわかった。ふたりがリンダをそっと床に横たえ、マーフィーが毛布をかけた。マーフィーは涙ぐんでいた。

なにか話しかけていたが、リンダには聞こえなかった。なにも聞こえない。耳鳴りがとまらなかったが、まったく耳が聞こえなくなっているのに気づいた。

ゴメスがなにかをいい、ふたりでちょっと話し合ってから、マーフィーがうなずいた。マーフィーがリンダのそばにひざまずいて、涙を拭き、ゴメスがコクピットへ行った。

まもなく、〈ゲイター〉が向きを変えるのがわかった。

そのとき、リンダははっきり思い出して、恐怖に襲われた。

カブリーヨとエディーを置き去りにしてしまった。置き去りにされたふたりが殺される。

9

フェレイラが拳銃《けんじゅう》を持ち、カブリーヨの頭に狙いをつけていた。

「なにが起きているんだ?」険しい口調できいた。

カブリーヨは、両手をあげてエディーと並んで立っていた。フェレイラの護衛三人も、銃を抜いていた。ドローン技術者たちは、出ていくよう命じられた。目撃者になりそうな人間を追い出したのは、よくない前兆だった。

「なにが起きているのか、教えてもらいたいね」カブリーヨはいった。「わたしには、まったくわからない」

フェレイラは、反対の手に携帯電話を持っていた。ブリッジから最新状況を聞いていた。

「船長の話では、クワッドコプターのドローンが、船首から五〇ヤード離れた空中で爆発しているそうだ。おまえたちのどちらかが、わたしのテクノロジーを盗もうとしているんだろう」拳銃の向きを変え、こんどはエディーに狙いをつけた。「ふたりとも、そうなのかもしれない。ふたりで結託しているのかもしれない」

「わたしはあなたの製品を買いたい」エディーがいった。「盗みにきたのではない。取引したでしょう」

「おまえたちがここにいるときに攻撃を受けたのは、偶然の一致ではない」

そのとおりだと、カブリーヨは心のなかでつぶやいた。この男は馬鹿ではない。

「どうやって盗むというんだ？」スリップストリーム・ドローンを指差して、カブリーヨはいった。「わたしたちにそれを運び出せるとでも思っているのか？」

「わからん」フェレイラがいった。「まず、ヨットから客をおろして、状況を把握しなければならない。だが、戻ってきたら突き止める」

「われわれの身になにかあったら、われわれのカルテルとはもう商売できないぞ」カブリーヨはいった。

「いいか、わたしはリスクをとる人間なんだ。わたしの製品の買い手は、いくらでもいる。おまえたちと競合している連中が、よろこんで特約の顧客になるだろう。とにかく、この攻撃の真相を突き止める」

出ていく前に、フェレイラは護衛のひとりにいった。「こいつらが動いたら、脚を撃て。訊問《じんもん》するために生かしておきたい」フェレイラが出ていった。

護衛三人が、狙いを変えて、カブリーヨとエディーの脚に銃口を向けた。

フェレイラに偽者だと見抜かれたら、訊問ではなく拷問になるだろうと、カブリーヨは確信していた。大至急、エディーとふたりで、逃げ出す方法をひねり出さなければならない。

負傷せずに生きてここから脱け出せる見込みは薄い。護衛三人は用心深く、五、六メートル離れているので、襲いかかる前に撃たれてしまうだろう。

カブリーヨの義肢には秘密の収納部があり、四五口径ACP弾を使用するコルト・ディフェンダー・セミオートマティック・ピストル、セラミック製ナイフ、トランプひと組よりも小さなC‐4プラスティック爆薬が収められ、踵《かかと》から四四口径弾を一発だけ発射できる。収納部をあけて、拳銃を抜くことができれば、撃たれる前に護衛三人をすべて排除できるかもしれない。

問題は、護衛がフェレイラの命令に忠実に従うにちがいないということだった。

「しゃがんでもいいか」カブリーヨはいった。「義肢をちゃんと固定しないといけない。歩いているあいだにゆるんだ」

先頭の護衛が進み出たが、一五センチしか動かなかった。「そうしようとしたら、義肢がもう一本必要になるぞ」

「一秒だけだ」

「ブラフだと思うのか？」護衛がうなるようにいった。

カブリーヨは首をふった。「いや、本気だろうな」

エディーがカブリーヨのほうをちらりと見て、やってみてもいい、という目つきをした。

その瞬間、ゴメスの声が通信装置から聞こえた。

「アルファ、まだそこにいますか？」

カブリーヨは、モラーマイクを、舌で二度叩いた。

「オメガで事故がありました」ゴメスがいった。「陽動作戦をはじめるのが早すぎたんです」

やれやれ。

カブリーヨは、また舌で叩いて、受信したことを伝えた。

「あいにく、〈ドラゴン〉の奥のほうに閉じ込められてしまったな」カブリーヨはいった。

護衛が、気はたしかかというように、カブリーヨを睨《にら》みつけた。「黙れ」

「フェレイラは、動くなとはいったが、しゃべるなとはいっていない」

「そのとおり」エディーがいった。

「関係ない」護衛がいった。「黙らないと撃って、フェレイラさんには動いたからだという」

「移動できますか？」ゴメスがきいた。

カブリーヨは、モラーマイクを舌で叩いて伝えた。ノー。

「捕らえられているんですね？」

イエス。

「それはまずいですね。会長たちをそこから連れ出す方法を、これから考えます」ゴメスがいった。自信のなさそうな口調だった。

ドアがあいたが、フェレイラが戻ってきたのではなかった。ルイス・マシャードだった。

「どうなってるんだ？」マシャードが、護衛にきいた。

「こいつらのうちのどちらかが、さっきの攻撃未遂に関係していると、フェレイラさんは考えている。フェレイラさんが戻ってきたら訊問できるように、見張っているんだ」

マシャードがカブリーヨを見て、渋い顔をした。決断しようとしているのだと、カブリーヨにはわかった。

「なるほど」マシャードがいった。「呼びに行く」

きびすを返して、ポケットに手を入れた。ひとこともいわずに、向き直り、護衛三人に一発ずつ撃ち込んだ。

護衛三人は、驚くいとまもなく、甲板にどさりと倒れた。

「ありがとう」カブリーヨはいった。

「あんたたちの抽出計画《エクストラクション・プラン》は、ひどいもんだな」マシャードがいった。「最初の二分のあいだに、あんたたちを助けるはめになるとは、思いもよらなかった」

カブリーヨとエディーは、死んだ護衛の拳銃を拾いあげた。

「手ちがいがあったんだ」エディーはいった。

マシャードが、薄笑いを浮かべた。「そんなことはわかってる。銃声を聞かれたにちがいない。早くここを出よう」

「オメガ、いまも引き揚げ準備はできているか？」カブリーヨは、ゴメスにきいた。

「だれと話をしてるんだ？」マシャードが、エディーにきいた。

「われわれの乗り物だ」エディーは答えた。

「だいぶややこしいことになってきましたよ」ゴメスがいった。「一度浮上したので、姿を見られています。潜航しましたが、わたしは飛ばすのには慣れていますが、潜水艦の操縦はあまりやったことがないんです。操縦のコツをつかむのに、ちょっと手間取っています」

「どうしてきみが操縦しているんだ？」

「負傷者が出ましてね」

つまり、リンダが怪我をしたのだ。怪我の程度と、どうして負傷したかをきいているひまはなかった。

「クワッドコプターは残っているか？」

「一機だけ。発煙弾です」

「よし。これから舳先のほうへ行く。掩護の準備をしてくれ」

ヨットの護衛たちは客を後甲板に移動させるはずだと、カブリーヨは判断していた。

「わかりました」ゴメスがいった。

「舳先に案内してくれ」カブリーヨは、マシャードにいった。

「こっちだ」

マシャードが先に立ち、通路を進んでいった。途中ではだれにも遭遇しなかったが、船首近くの階段を昇っているときに、護衛ふたりに見つかった。カブリーヨが三発放った。護衛ひとりを斃《たお》したが、もうひとりが逃げた。無線で応援を呼んでいるのが聞こえた。

「オメガ、われわれ三人で行く」カブリーヨはいった。「戦いながら出る。発煙弾を破裂させてくれ」

「了解」ゴメスが答えた。「風が強くなっているから、長くはもちませんよ。こちらは船首の右一〇ヤードにいます。浮上します」

カブリーヨが先頭に立ち、甲板に出る水密戸をそっとあけた。クワッドコプターが着船して、発煙弾を発射するのが見えた。発煙弾が破裂し、オレンジ色の煙が甲板を覆った。

カブリーヨは水密戸から飛び出して、甲板に出た。エディーが出てくるあいだ、カブリーヨは船尾のほうに銃の狙いをつけていた。

マシャードが出てきたときには、煙が消えかけていた。

「急げ」マシャードをひっぱりあげながら、カブリーヨはいった。

一陣の風が煙をあらかた吹き飛ばし、三人は丸見えになった。

ブリッジにいたフェレイラが、三人を見つけた。怒り狂ったフェレイラが、そばにいた護衛からアサルト・ライフルをひったくり、窓を撃ち破った。

「おまえを信じていたんだぞ、ロベルト！」フェレイラが叫んだ。

マシャードが拳銃を構えて撃ったが、カブリーヨは護衛が何人も〈ドラゴン〉の両舷から近づいてくるのを見て、マシャードの体をつかみ、叫んだ。「行くぞ！」

三人ともヨットの舷側へ全力疾走した。それまで三人が立っていた甲板に、銃弾が突き刺さった。

手摺までずっと、ライフルの銃弾が三人を追ってきた。三人はジャンプして手摺を越え、海に跳び込んだ。

10

〈ドラゴン〉から真っ逆さまに落ちるとき、カブリーヨは一瞬、苦しげな悲鳴を聞いたが、エディーとマシャードのどちらなのか、わからなかった。水に勢いよく潜ったあと、水面に向けて精いっぱい速く泳いだ。

浮上してまわりを見ると、〈ゲイター〉の展望塔が六メートル離れたところにあった。ゴメスが、心配そうな顔で覗いていた。

カブリーヨが向きを変えると、マシャードの頭が水面から出ているのが見えたが、エディーの姿が見当たらなかった。力強いストロークで、カブリーヨはマシャードのそばへ行った。

「エディーを見たか？」カブリーヨは、マシャードにきいた。

返事がなかった。カブリーヨは、マシャードの肩を叩いた。

「マシャード？」

エディーが、マシャードの向こう側で水面を割った。海水を噴き出してからいった。

「マシャードは、跳び込むときに撃たれました」

カブリーヨは、マシャードの両肩をつかみ、仰向けにした。胸にひとつ射入口があった。マシャードはショックで目をしばたたき、顔から血の気が失せていた。

カブリーヨはすぐさま片腕をマシャードの肩の下に入れ、うしろ向きで〈ゲイター〉のほうへ曳いていった。

「がんばれ、ルイス」カブリーヨはいった。

ヨットの手摺に護衛がふたり現われた。そのふたりが狙いをつけようとしたが、自動火器の銃弾を浴びてよろめいた。カブリーヨがうしろをちらりと見ると、マーフィーが恐ろしいまでの決意をみなぎらせて、アサルト・ライフルで撃っていた。

マシャードを曳いているカブリーヨとはちがって身軽なエディーが、先に〈ゲイター〉に達した。エディーは甲板にあがり、カブリーヨがそばに来ると、マシャードをひっぱりあげた。マーフィーの掩護射撃を受けながら、カブリーヨは〈ゲイター〉の甲板に跳びあがり、ぐったりとしているマシャードをハッチに押し込んだ。

カブリーヨがマーフィーからアサルト・ライフルを受け取って、〈ドラゴン〉に向け、マーフィーとエディーが乗り込んだ。フェレイラが、潜水艇を撃てと配下にどなっているのが聞こえたが、カブリーヨがハッチから跳び込んで閉めるまで、だれも手摺に現われなかった。

「潜航しろ！」カブリーヨはゴメスにどなった。

「潜航、アイ」ゴメスが復唱した。

海中を降下するあいだ、銃弾が船体に当たる音が聞こえた。〈ゲイター〉をくるむ海水で銃弾の速度は鈍ったので、貫通はしなかったが、一発が展望塔の窓にひびをこしらえた。

カブリーヨは、仰向けに寝かされているリンダを目の隅で見たが、いまはマシャードのほうが最優先だった。エディーが救急用品をあけて、圧迫包帯をいくつか渡した。

カブリーヨは、マシャードのシャツを引き裂いて、背中を調べた。射出口はなかった。弾丸は心臓には当たっていなかったが、わずかにそれただけだった。胸から血が流れだしていた。マシャードの呼吸は浅く、肺が傷ついているせいで、ごぼごぼという音がしていた。

血をとめようとして、カブリーヨはマシャードの胸に包帯を押し付けたが、内出血はどうにもできない。できるだけ早く、オレゴン号の医務室に連れていかなければならない。

「ゴメス、最大速力でオレゴン号を目指してくれ」

「そうしています、会長」

「それから、ドクター・ハックスリーに、負傷者がいると知らせてくれ」

「ドクターは準備し、待機しています」

マシャードが、驚くほど強い力で、カブリーヨの腕をつかんだ。

「パスワード」かすれた声で、マシャードがいった。口から血がしたたっていた。

「楽にしろ、ルイス」カブリーヨはいった。「まもなく手当てできる」

マシャードが首をふった。「J……2……7……Y……」息をするために間を置いてからつづけた「5……9……Z……8……」

マシャードがカブリーヨの腕から手を離して、ズボンのポケットに入れた。なにかを取りだし、カブリーヨの手に押し付けた。

防水のポリ袋だった。USBメモリースティックがひとつはいっていた。

「それを使って……フェレイラを……阻止してくれ……」

マシャードが船室に取りにいったのは、それだったにちがいない。

「心配するな」カブリーヨはいった。「われわれがかならずやる」

マシャードの返事はなかった。手が脇に垂れた。目が閉じた。喉から息が漏れ、動かなくなった。

衛生兵の訓練を受けているエディーが、すぐさま心肺蘇生術《CPR》を開始した。数分後にはオレゴン号に到着するとはいえ、効き目はないだろうとカブリーヨは思った。大量に失血している。

マシャードの手当てをエディーに任せて、カブリーヨは立ちあがり、USBメモリーをマーフィーに渡した。

「オレゴン号に戻ったら、なにが保存されているか、たしかめよう」カブリーヨはいった。「パスワードは暗記したか？」

マーフィーが、黙ってうなずいた。

カブリーヨは、リンダの脇でかがんだ。意識はあるが、わけがわからないという顔をしている。

「具合はどうだ？」

「聞こえないんです」マーフィーが、ちょっと口ごもった。「おれが特殊閃光音響弾をコクピットに投げ込んだんです。リンダの頭のすぐうしろで破裂した。耳が聞こえなくなってます」

「なんだって？　どうしてそんなことをしたんだ？」

「わかりません」

「わたしのせいでもあるんです、会長」コクピットから、ゴメスがいった。「どういうわけか、わたしがマーフィーの手から特殊閃光音響弾を払い落としたんです」

「みんな、突然、頭がおかしくなったんです」マーフィーがいった。「三人とも。説明がつきません。ほんとうに恐ろしかった。自分を抑えることができなかった」

「そうなんです」ゴメスがいった。「やがて、それが急に消えて、正常な状態に戻りました。リンダはべつとして」

マーフィーとゴメスの説明が、カブリーヨには納得できなかった。ふたりの報告によるそのときの態度は、ふたりに期待している抑制がきいたプロフェッショナリズムとは正反対だった。

「任務が終わったら、ハックスに三人とも診察してもらおう」エディーが無駄とわかっているCPRをマシャードにほどこしているほうを見て、自分たちの失態に怒りをたぎらせた。「どうしてこうなったのか、突き止めなければならない」

「オレゴン号まであと二分です」

「高速方向転換させろ。エリック・ストーンに、ムーンプールまで来るよう指示してくれ。エリックとわたしは、ゴメスといっしょに、他のチームと落ち合う」

「展望塔のひびはどうしますか？」ゴメスがきいた。

「ダクトテープで応急修理だ」カブリーヨはいった。「フェレイラがマシャードを組織に入れたのは、あとのふたりの工作員が身許を請け合ったからだ。フェレイラはすぐに、ふたりがスパイだと気づいて、始末しようとするだろう。ベータ・チームとガンマ・チームに、隠密抽出任務《エクストラクション・ミッション》をただちに開始するよう知らせてくれ」

11

マラカニャ・スタジアムのミッドフィールド席は、観戦には最高の場所だが、フランクリン・〝リンク〟・リンカーンは、一対一で緊迫しているペルー対メキシコのサッカーの試合を見てはいなかった。リンクはもっぱら、二列前にいるディエゴ・ロペスを注視していた。CIA工作員のロペスは、左右の男とともに、選手のあらゆる動きに歓声をあげていた。その男ふたりは、メキシコのファアレス・カルテルの殺し屋だった。

ロペスを連れのふたりからしばらく引き離して、スタジアムから生きて連れ出すという計画だった。マラカニャはかつて世界最大のスタジアムで、観客二十万人を収容できた。オリンピックとワールドカップのために改修されてから、収容できるのは七万八千人に減ったが、それでも試合が終わると、観客が出口でつかえてしまう。

「ベータ、こちらオメガ」ゴメスの声が、リンクの耳に届いた。「いま開始しなければばならない」

リンクは、試合時間を表示している時計を見た。ハーフタイムまで三分。「観客に紛れ込めるように、試合が終わるまで待つ計画だっただろう」

「時間がない」ゴメスが答えた。「アルファ・チームの任務がうまくいかなかった。そっちももうじき正体がばれる。これからガンマに連絡して、おなじことを伝える。会合《ランデヴー》は予定どおりだ」

「わかった」通信が切れた。

「どうしてゴメスが通信しているの？」おなじ通信システムでやりとりを聞いていたレイヴン・マロイが、不思議そうにいった。「リンダになにかあったのかしら？」

レイヴンは、リンクとおなじように、メキシコのナショナルチームのジャージーを着ていたが、トップをウェストのところで結んで、無駄な贅肉のないアスリートの肢体を見せつけていた。リンクのほうは、巨大な肩の部分がきつそうだった。

アフリカ系アメリカ人のリンクと、ネイティブアメリカンのレイヴンは、多国籍の観客にすんなり溶け込むことができた。しかも、ふたりが着ているのは、メキシコチームのファン数千人とおなじジャージーなので、ひと目を惹くおそれはなかった。

「わからない」リンクが答えた。「しかし、ゴメスがリンダの代わりをやらなきゃならなくなったんだから、いい状況ではないだろう」

レイヴンが、ロペスと連れのほうを顎で示した。「洗面所を使うのがいいと、いまも思っているの？」

リンクはうなずいた。「あのふたりは、ここに来てからずっと、ビールをがぶ飲みしている。ハーフタイムになったらぜったいに行くだろう」

「ロペスは抜け目なく飲むのを控えているわね。一本の半分くらいしか飲んでいない」

レイヴンは、元陸軍憲兵捜査員で、観察力がきわめて鋭い。〈コーポレーション〉に参加してからは、オレゴン号の元特殊部隊員にひけをとらない力量を示している。それに、乗組員のなかでもっとも足が速く、オレゴン号のすべての兵器で射撃の名手だった。

あいにく、いまはふたりとも武器を持っていない。銃を携帯していたら、スタジアムのセキュリティを通過できない。しかし、ロペスの連れふたりには銃があるにちがいないと、リンクは推測していた。ふたりともだぶだぶのシャツを着て、ウエストバンドに挟んでいる拳銃のふくらみを隠している。だれかを買収して、ひそかに持ち込んだにちがいない。

元海軍SEAL隊員のリンクは、脅威、脱出ルート、任務計画の不都合な点を見極める達人だった。膨大な人数の観衆が、問題になりうると同時にチャンスをあたえてくれるというのが、現在の状況だった。目撃者が多いことが有利になるか不利になるかは、成り行きに左右される。だが、ハーフタイムには、飲み物や食べ物の店と洗面所に観客が殺到するので、人だかりに紛れ込みやすい。

ロペスを見張っているカルテルの構成員は、スタジアムにほかにもいるはずだと、リンクは確信していた。ロペスは、汚い金を数十億ドル洗浄《ロンダリング》できる銀行家だということを、カルテルに実証し、その偽装はまだ破られていない。そういう人間からカルテルが目を離すわけがなかった。

リンクは時計を見た。正式なプレイタイムまで、あと二分だった。ロスタイムが四分はあるだろうと、リンクは計算した。ロペスと殺し屋ふたりが席を離れたらすぐに、リンクとレイヴンがあとを跟《つ》ける。レイヴンがひとりを引き離して、コンコースへ行かせ、リンクはロペスともうひとりを跟けて、洗面所にはいり、殴り倒して、個室に押し込み、だれにも気づかれないように連れ出す、という計画だった。

すばらしい計画に思えたが、ひとりが肩越しに親指でうしろを示して、通路を登りはじめた。

「待ちきれないみたいね」レイヴンがいった。

「厄介なことになるかもしれない。急いであいつを始末できるかな？」

「わたしの考えを読んだわね」

レイヴンは、その男がそばを通り過ぎるのを待ち、コンコースの出入り口に向けて跟けていった。

事情をロペスに伝える潮時だった。リンクは足もとからビールを取って、酔っ払っているような感じで、通路をおりていった。

カルテルの殺し屋が洗面所に行ったために空いた席に、リンクはどさりと座った。唇が薄く鷲鼻《わしばな》のロペスが、驚いてリンクのほうを見て、スペイン語でしゃべった。

リンクはスペイン語がわからないので、呂律《ろれつ》がまわらないふりをして英語でいった。

「あんら、だれ？　女房どこら？」ぬるくなって気が抜けたビールを、ごくごく飲んだ。

「失せろ、野郎《オンブレ》」ロペスがいった。「おまえの席じゃない」

「オンブレ？　おい！　あんら、メヒコ人かい。おれの女房とおなじら！」リンクは、ロペスの肩を叩いた。

ロペスのとなりの男が、冷たい笑みを浮かべて、リンクにいった。「彼のいうことを聞け、アメリカ人《グリンゴ》。さもないと、腕ずくで追っ払うぞ」

リンクは、降参したというように両手をあげた。「おい、あんた、悪かった。てっきりおれの席かと思ったんら」手にした瓶をしげしげと見た。「このビール、なにがはいってるんら。マダガスカルのミカンジュースかい。八本しか飲んでねえのに、頭がぼうっとしてら」

ロペスが、目を丸くしてリンクを見た。驚きを隠すことができないようだった。〝マダガスカルのミカンジュース〟は、ロペスの正体がばれたときの符丁だった。ほんとうは酔っ払っていないことを伝えるために、リンクは鋭い目つきでロペスを見た。

カルテルの殺し屋は、リンクの目つきに気づかなかった。「行けといったんだ」くりかえした。「さっさと行け！」

リンクは酔っ払いモードに戻り、よろよろと立ちあがった。「行くよ。行くよ！」しゃっくりをした。「ここで吐いちまう前に、洗面所に行ったほうがいいかもしれない。アディオス、若い衆《ムチャチョス》！」

辟易《へきえき》したカルテルの殺し屋が、ゲームに注意を戻していたので、リンクは最後にもう一度ロペスを見た。ロペスが、ほんのかすかにうなずいた。

リンクのいった意味がわかったのだ。殺されるおそれがある。そして、逃げるためには、スタジアムの洗面所へ行かなければならない。

リンクは、まもなくはじまる戦いに備えるために、よろめきながら通路をあがっていった。

12

リオのシュガーローフ山のてっぺんに登るのに、たいがいの観光客は有名なケーブルカーに乗る。絶景を眺めるために、一日数千人の観光客が、頂上の展望台を訪れ、スナックバーやギフトショップに寄る。街から見あげると、その一枚岩の山は爆弾を立てたような格好で、グアナバラ湾の入口の三九六メートル上にそびえ、四方は切り立った岩壁だった。だが、湾内の船から望むと、低木や灌木《かんぼく》に覆われた尾根が、海から頂上までずっと傾斜してのびているのがわかる。この登山ルートをたどる観光客はめったにいない。登山道は起伏が多くて歩きづらいし、急斜面のガレ場や、ほとんど垂直に近い岩壁がある。

「どこの間抜けが、こんなことを思いついたんだ？」山頂近くの荒れた山道をとぼとぼ歩きながら、汗を拭き拭き、ハリ・カシムがぼやいた。レバノン系アメリカ人のハリは、オレゴン号の通信長で、現場にはめったに出ない。巨大なバックパックを背負って三時間もトレッキングするような苛酷《かこく》な行動に慣れていないのは明らかだった。Tシャツもカーゴパンツも泥まみれで、汗の染みができていた。

メアリオン・マクドゥーガル・〝マクド〟・ローレスが、くすくす笑った。

「あんたの思いつきだと、おれっちは思うけどどね」元レインジャー隊員でブロンドのマクドが、ルイジアナなまりでのんびりといった。急傾斜で転んでうしろ向きに落ちてきたときに受けとめられるように、マクドはハリのうしろを歩いていた。マクドもおなじようなバックパックを背負っていたが、そんなにつらい登山ではないと思っていた。「レインジャー訓練所に比べれば、どうってことないっす。レインジャーのバックパックは、この倍の重さだし、一日二度の食事と睡眠時間四時間で、二十時間ぶっとおしで歩くんだよ」

ハリが、手をふってマクドをいなした。「わかってるけど、おれは爽《さわ》やかな飲み物をそばに置いて、座り心地のいい椅子に座ってるのに慣れてるんだ。それに、ふだん仕事中に持ついちばん重いものは、首から吊《つ》るしたヘッドセットだけだ。それにひきかえ、あんたは肉体労働向きにできてる。陸軍の新兵勧誘ポスターの大理石像を、そのまま人間にしたみたいだからな。それに、あんたの伝記映画を撮ることになったら、クリス・ヘムズワースだって、あんたを演じるには醜男《ぶおとこ》すぎると思われるだろうよ」

「それに、弱々しすぎる」マクドが、ハリのたとえ話によろこんで応じた。「おれっちは前世でスパルタ人だったかもしれないね」

マクドが笑うと、ハリが肩越しにふりむき、あきれて目を剝《む》いた。「ウゲッ。あんたのふんどし姿を見ずにすんでよかった。恥ずかしくて目をあけていられないよ」

「会長がおれたちにこれをやらせてるのは、あんたの趣味のせいだっていうのを、そろそろ思い出したほうがいいんじゃないか」

「ほんとうにこれをやらせられるとは、思っていなかった」ハリがいった。

「おれっちもだ。でも、あんたがメキシコの空を飛んでるビデオはかっこよかった。あんたはコツを心得てる」

「あんたもだよ。おれが三年もやってる趣味を、たった二日で会得《えとく》したんだから、憎らしいったらないね」

「〝会得〟っていうのは褒《ほ》めすぎだよ。でも、おれっちは飛行機からさんざん飛びおりてるからね。そこがちがうのさ」

「あんたには、得意じゃないことがあるのか?」ハリはきいた。

「さあね」マクドは、にやりと笑った。「なにもかもやってみたわけじゃないし」

山道が舗装道路に変わる一〇〇ヤード手前で、通信システムに連絡がはいった。

「ガンマ、こちらオメガ」ゴメスがいった。「こっちでちょっと問題が起きた。予定をできるだけ早めてもらいたい」

ハリとマクドは、歩くのをやめて、顔を見合わせた。悪いことが起きたような感じだった。予想とはちがい、連絡してきたのがリンダではないのが、とくに気がかりだった。

「みんなだいじょうぶか?」マクドがきいた。

「すこし負傷者が出た。CIA工作員の正体が、思ったよりも早くばれたのかもしれない」

「われわれの隠密抽出《エクストラクション》と会合《ランデヴー》は、実行するのか?」

ちょっと間があり、モラーマイクを使う通信システムから、べつの声が聞こえた。カブリーヨだった。

「ランデヴーは計画どおりだ」カブリーヨはいった。「指定の座標に着いたら落ち合おう。出発したら、知らせてくれ」

「了解しました。ガンマ、通信終わり」

ハリが、いかにも心配そうな顔をした。「悪いことがあったような感じだな」

マクドも、いま聞いたことに困惑して、首をふった。「よくわからない。あっちは単純な作戦のはずだった。でも、おれたちにはどうにもできない。自分たちの仕事に集中しなきゃならない」

気を散らす原因をさらに増やそうとするかのように、三匹のサルがふたりの横の藪《やぶ》をぴょんぴょん跳び、餌をねだったが、マクドとハリは目もくれなかった。サルたちはがっかりしてキイキイ鳴いたが、あきらめきれずに近くをうろうろしていた。

マクドは登山道の左右を見て、二五ヤード離れた崖まで下り坂になっている、比較的平らな場所を見つけた。コンクリートの要塞跡がある小さなラージェ島が、はるか下のグアナバラ湾の湾口近くに見えていた。その先には、湾の両岸を結ぶ全長一万三二九〇メートルのリオ‐ニテロイ橋がある。さらに遠くに、オレゴン号の輪郭が見えた。負傷者を手当てするために、〈ゲイター〉を回収しようとしているにちがいない。回頭しているので、すでに揚錨しているとわかった。

マクドとハリは、展望台よりだいぶ下にいるので、観光客からは見えないし、登山道の頂上寄りは樹林に覆われている。マクドは、丈の高い草だけが生えている緩傾斜地へ行って、バックパックをおろした。

「ここは発進するのにうってつけだ」マクドはいった。「おれっちが行っているあいだに、準備してくれるかな?」

ハリは地形をよく見てから、手をかざして、山の斜面を吹きあがっている軽風の風向をたしかめた。そしてうなずいた。

「サルにじゃまされなければ、なんの問題もないよ」

「問題が起きたら、知らせてくれ」マクドはいった。「彼女をゲットしたら叫ぶ」

「高いのが怖くなければいいんだが」

「この山にケーブルカーで来たんだぜ」

「おなじじゃないよ」ハリは、バックパックをあけはじめた。

マクドは、三〇〇メートル下の海を崖の縁から覗いた。「たしかに」

ハリが装備を荷ほどきしているあいだに、マクドは登山道に戻り、展望台に集まっている群衆の声が聞こえるところまで、山頂に向けて登っていった。

広い展望台は、ケーブルカーの駅と機械室がある建物を囲んで、半円形にひろがっていた。スナックバーや土産物を売っている店もあった。観光客数百人が欄干《らんかん》にもたれて眺めを楽しんだり、自撮りをしたり、テーブル席で絶景を眺めたりしていた。

マクドは、ジェシカ・ベラスコというCIA工作員を探していた。作戦のためにじっくり吟味《ぎんみ》した写真と履歴書によれば、アスリートの体形で、身長は一五八センチ、テコンドーの黒帯を保持している。長い黒髪、豊かな唇、首の横に長さ八センチの傷痕がある。すごい美人なので、すぐに見つけられるはずだと思った。

ジェシカは、ボリビアのコカイン・カルテルと、南米で起きた一連の政府要人暗殺との結びつきを暴く任務を帯びて、カルテルに潜入していた。リオに来たのは、ブラジルのカルテルの構成員と会うためだった。

ジェシカの週ごとの報告によれば、カルテルの大幹部数人とともに、ケーブルカーの切符を買い、十五分前に頂上へ着いているはずだった。ジェシカがリオで公《おおやけ》の場所にいるのは、いまここだけなので、隠密抽出《エクストラクシヨン》はここでやるしかない。

マクドは、店のあいだをぶらぶら歩き、展望台をまわった。景色を眺めている多くの観光客となんら変わりがないようだった。ただ、周囲のひとびととはちがって、キリスト像やコパカバーナ海岸を見てはいなかった。順序立てて群衆に目を配り、ターゲットを探していた。

ジェシカが男ふたり、女ひとりとテーブル席にいるのを、ようやく見つけた。カップ入りのアイスクリームを食べながら、スペイン語で熱心に話をして、笑っている。ジェシカは楽しんでいるように見えた。マクドはそれをこれからぶち壊すことになる。

マクドは、そのテーブルに近づき、ニューオーリンズ近くで育ったころに憶えたフランス語でいった。

「パルドネス・モア。アン・アレスヴー・ビヤント・フィニ・アヴェク・セット・ターブル？」

〝失礼ですが、このテーブルはもうすぐ空きますか？〟

予想どおり、ジェシカといっしょにいた三人は、ぽかんとした顔でマクドを見た。だが、ジェシカがフランス語を話せることを、マクドは知っていた。ジェシカが答えた。「空いているテーブルはいくらでもあるじゃないの、ムッシュー」

ジェシカが、フランス語からスペイン語に切り替えて、なにをきかれたかを説明した。三人とも、とんでもない間抜けだと思っているような目つきで、マクドを見た。

「わかってます」マクドは、フランス語でつづけた。「でも、ここが好きなテーブルなんです。おれが育ったシャモア郊外の小さな田舎の村を思い出すので」

〝シャモア郊外の小さな田舎の村〟は、ジェシカの偽装が暴かれたことを示す符丁だった。ジェシカがアイスクリームを飲み込み、マクドのほうを見あげた。笑みがほんのすこし崩れた。

「そうなの？」

マクドは真顔でうなずき、聞きちがいではないことを伝えた。「テーブルが空くのを待つあいだ、展望台の向こう側のギフトショップにでも行ってこよう。この場所の思い出になるようなものがほしい。ア・ビヤント」

またすぐにね。

マクドは、一同に笑みを向けて向きを変え、歩き去った。ジェシカが意図を理解したと、確信していた。

二分後、マクドが絵葉書を見ていると、ジェシカが横に来たが、反対方向を向いていた。

「二、三分しかない」ジェシカがいった。「山をおりる前に、ちょっと買い物がしたいといってきたの」

「戻れないよ」マクドはいった。「偽装がばれた。きみがCIA工作員だというのを知らせるメールが、まもなく届くだろう。ケーブルカーに乗る前に、きみを殺そうとするかもしれない」

「どうして偽装がばれたとわかるの？」

「CIA本部でリークがあった。きみも含めて工作員三人の正体がばれた。それしか知らない。危険がないと思ったら、おれっちを迎えによこすわけがないだろう」

ジェシカが、いらだって両手をあげた。「わたしの仕事がすべておじゃんになるのよ。信じられない」

「信じろ。ラングストン・オーヴァーホルトが、偽装が暴かれたときの符丁を教えたのは、きみがたいへんな危険にさらされているからだ」

オーヴァーホルトの名前を聞いて、作戦を放棄するしかないと、ジェシカは確信したようだった。

「あの三人を始末できたとしても」ジェシカがいった。「山の下で殺し屋が五、六人待ち構えている」

「わかってる。ケーブルカーの駅から出ていったとたんに、きみはバンに押し込まれ、行方知れずになる」

「それじゃ、どうするの?」溜息をついて、ジェシカがきいた。「ケーブルカーに乗っているあいだ、あなたひとりで、わたしを護衛するの?」

「ちがう。スカイダイビングをやったことがあるだろう?」

「二度。タンデムジャンプだった」ジェシカはマクドのほうを向いて、首をかしげた。

「どうして?」

マクドは、にやりと笑った。「これから、空の便に乗るからだよ」

13

　レイヴン・マロイは、ボトルドウォーターの残りをすこしずつ飲みながら、ゴミ箱のそばでぶらぶらしていた。マラカニャ・スタジアムのコンコースは、まだほとんど無人だったが、数分後には洗面所や食べ物の屋台に向かう観客でごったがえすはずだった。いまは、ハーフタイムの休憩が待てない数人のほかには、二人組で場内をパトロールしている常駐の警官がいるだけだった。

　レイヴンは、いちばん近い男子洗面所のドアを見張っていた。メキシコ人の殺し屋は、二分前にはいっていった。出てきたところを襲撃するつもりだった。

　レイヴンとリンクは、当初の予定では試合終了後に行動を開始することになっていた。七万八千人のファンが、いっせいにスタジアムを出ようとするので、その大移動のあいだに群衆に紛れ込むのは容易だったはずだ。しかし、予定を早められたので、ハーフタイムの混雑が注意をそらすのに役立つことを願うしかなかった。

席にいられない観客のために試合を映しているモニターのうちの一台を、レイヴンは見ていた。ハーフタイムまで、あと三分しか残されていない。第一ピリオドが終わったらすぐに、ロペスはもうひとりのメキシコ人といっしょに洗面所に来るだろう。それまでにひとり目が出てこなかったら、任務はさらにややこしくなる。ターゲットが大きいほうを催したのでなければいいがと、レイヴンは思った。考えただけで吐き気がした。

まもなく、想像せずにすんだ。数秒後にメキシコ人の殺し屋が出てきた。乱杭歯《らんぐいば》で、もじゃもじゃの眉毛がつながっているので、レイヴンはその男に〝フェオ〟という綽名《あだな》をつけていた。レイヴンはアラビア語とペルシア語に堪能《たんのう》で、スペイン語はかじった程度だったが、〝フェオ〟が醜男を意味することは知っていた。

レイヴンは、ペットボトルを投げ捨て、ウェストで結んでいるトップの具合を直して、引き締まった腹が見えるようにしてから、フェオのほうへまっすぐ歩いていった。

フェオのそばまで行くと、レイヴンは相手の肩に手を置いて、英語でいった。「さっきあなたを見かけて、どうしても会いたいと思ったの」

フェオが立ちどまり、英語がわからないので、きょとんとした顔でレイヴンを見た。そこで、レイヴンは百万ボルトの笑みを浮かべた。笑顔は得意ではなかったので、その演技にはひどく苦労した。

フェオがレイヴンの体を眺めまわし、あちこちを向いている〈チクタク〉のミントなみの大きさの歯を剝き出して笑った。貪欲ないやらしい目つきで見られたレイヴンは、鳥肌が立った。

不愉快だったが、レイヴンは演技をつづけ、相手と自分を交互に指差して、写真を撮ろうという万国共通の仕草をした。そして、よくわからせるために、携帯電話を出した。

レイヴンの狙いどおり、美女といっしょに――しかも、自分の国のナショナルチームのジャージーを着ている相手と――自撮りするチャンスを、フェオは断れなかった。うなずき、笑みがいっそうひろがった。

レイヴンは、コンコースに飾られているチームの旗の下を指差した。そこはたまたま、立ち話をしている警官から、五、六メートルしか離れていなかった。

フェオがうなずき、片手をレイヴンの腰のうしろに当てて、そこまで導こうとした。その手が尻におりてきたら、任務への影響などかまわず、指の骨を一本残らず折ると、レイヴンは誓った。

だが、レイヴンは、男の手の動きを利用することにした。自分も男の背中に手をまわした。ウェストバンドに突っ込んである拳銃の上をそっとこすった。用心深い動きで、フェオのシャツをめくり、拳銃が見えるようにした。

自撮りをする場所へ行くとレイヴンは、フェオが吐き気を催すほど大量につけているコロンのにおいを吸い込まないようにしながら体をすり寄せた。片手で携帯電話をかざしながら、反対の手で強力な瞬間接着剤の小さなアンプル型容器をポケットから出した。

カメラを使うのに苦労しているように見せかけたが、それは時間を稼ぐためだった。フェオの背中にまわした手でアンプルの蓋《ふた》をはずした。瞬間接着剤を数滴、拳銃の撃鉄に落としてから、シャツをもとに戻し、アンプルを投げ捨てた。

接着剤が固まるまで数秒かかるので、レイヴンは色々なアングルや構図で、写真を何枚も撮った。フェオは早く終わらせたいそぶりを、まったく示さなかった。精いっぱい楽しんでいた。

十数えたところで、接着剤は固まったはずだと思い、レイヴンはつねられたみたいに、急にたじろいだ。フェオを平手打ちして、英語でわめいた。

「ちょっ！　この男にいたずらされたわ！」

レイヴンは向きを変えて、躍起になって警官のほうに手をふった。

レイヴンが予想したとおり、フェオが悪態をついて、顔を突き付けた。無礼な女に殴られたら、やりかえさないわけにはいかないのだ。

レイヴンは身を引いたが、フェオに腕をつかまれるように、わざとゆっくり動いた。

フェオが、レイヴンの狙いどおりに反応した。

レイヴンは体をまわして、フェオの手首をつかみ、ねじあげた。フェオが痛みのあまり悲鳴をあげた。レイヴンはフェオの体重を利用して、うつぶせに投げ倒した。シャツが頭までめくれたので、拳銃があらわになった。

レイヴンはあとずさって悲鳴をあげた。「エリ・テム・ウマ・アルマ！」そのポルトガル語だけ暗記していた。

〝彼は銃を持っている〟。

警官ふたりが拳銃を見て、銃を抜きながら駆けつけた。

ブラジルの刑務所に入れられるよりは撃ち合ったほうがましだと、フェオが判断する可能性もあった。だから、接着剤で撃鉄が動かないようにしたのだ。フェオが撃とうとしても、弾丸は出ない。フェオは銃弾の嵐を浴びて倒れ、警官ふたりは負傷すらしないはずだ。

だが、大きな混乱が起きる。このほうがずっといい。

警官のひとりが、フェオの背中をブーツで踏みつけ、もうひとりが拳銃を奪って、手錠をかけた。警官ふたりにひきずり起こされたとき、フェオが怒り狂ってスペイン語でまくしたてた。レイヴンには意味がわからなかったが、とっておきの悪態をこちらめがけて叫んでいるのだと察しがついた。

レイヴンは、怯えた顔をして、すこし涙を出そうとした。涙は出なかったが、警官たちが事情を汲んでくれた。ひとりはレイヴンを慰めようとした。ポルトガル語でなにか優しい言葉をかけて、うなずき、行っていいことを伝えた。

ハーフタイムのお祭り騒ぎの最中に野次馬が集まると困るので、警官二人はまだ怒り狂っているフェオを連行していった。レイヴンは向きを変えて、さきほどまでいた男子洗面所の向かいに戻った。

「ひとり目は排除した」洗面所にはいったばかりのリンクに、レイヴンは通信システムで報告した。

「見ていた」リンクが答えた。「見事だった。柔道の技を使うのに気づかなかったら、悪党に襲われたか弱い姫君だと思っていたところだ」

「簡単だったわよ。あいつはいいカモだった」

「こっちの仲間はちがうかな？」

「わたしの意見はのちほど」

「おれの心が傷つかないようにがんばるよ」リンクは笑いながらいった。

「傷つかないように心がけるセミナーを、いつかオレゴン号でひらこうかしら」

「最前列で受講するよ」

それを聞いて、レイヴンはほんの一瞬、頬をゆるめたが、スタンドから観衆がどっとやってきたので、笑みが消えた。モニターを見て、選手たちがハーフタイムでロッカーに向かっていることがわかった。

一分後、ロペスともうひとりの殺し屋が洗面所に向かうのが目にはいった。

レイヴンは、リンクに伝えた。「あなたの番よ」

14

リンクは、小便器を使っているふりをしながら、入口にずっと目を配っていた。オリンピックのために改良された現代的な洗面所で、またビールが飲めるように、急いで膀胱を空にしている酔っ払った観客で溢れていた。

「ロペスとそのお友だちが来る」レイヴンが、モラーマイクで伝えた。「ロペスが先頭」

「わかった」リンクは答えた。

ジッパーを閉めるふりをしながら、リンクは洗面台に向かった。そこは個室の向かいにある。殺し屋を数秒で失神させるための即効性バルビツールを仕込んだ、バネ入りの注射器を、片手に隠し持っていた。

ロペスが角をまわってきたとき、リンクはその目を捉《とら》えた。ロペスがうなずいたので、リンクはまた酔っ払いモードに戻った。

「おい！　さっき会ったばかりらないか！」呂律がまわらないふりをして、リンクは呼びかけた。

リンクはつんのめり、ロペスが巧みにサイドステップでどいたので、メキシコ人の殺し屋のほうに倒れ込んだ。

「おい！」殺し屋がわめいたが、リンクがその肩に注射器を突き刺したので、言葉が途切れた。

リンクに股間《こかん》を膝蹴《ひざげ》りされたのに気をとられているうちに、殺し屋はぐったりとして、体をふたつに折って倒れた。

ロペスとリンクは、男の腕をそれぞれつかんで、個室のほうへ運んでいった。

「気分が悪いのかい？」だれかが聞いていた場合のために、リンクは大声でいった。

「ここで吐けばいいさ」

ロペスが、すぐに察して、おなじことをスペイン語でいった。

ふたりは殺し屋を個室に押し込み、リンクが便座に殺し屋の頭を突っ込んだ。だれかが調べて、気絶しているとわかったときには、リンクとロペスは遠くに行っているはずだった。

リンクがふりむいたとき、個室を出てドアを閉められるように、ロペスがあとずさっているのがわかった。しかし、ロペスは、ナイフをもったべつの男が跳びかかろうとしているのに、気づいていなかった。

リンクは叫んだ。「危ない！」その声で、ロペスは命拾いした。

ぎりぎりの瞬間に、ロペスは襲ってきた男を見て、心臓めがけてナイフを突き出した手首を払いのけた。そのすばやい反応で、刺し殺されるのは避けられたが、完全にナイフをよけるのには間に合わなかった。

飛び出しナイフが、ロペスの下腹部の横に突き刺さった。そのときにはリンクが個室を出て、襲撃者の首をつかんでいた。リンクは相手よりも背が高く、体重も四〇キロ以上重かったので、いとも簡単に男の体を持ちあげて、すぐそばの御影石《みかげいし》の洗面台に頭を叩きつけた。

ナイフで襲いかかった男は、瞬時に命の失せたぬいぐるみの人形と化し、床に倒れた。ナイフが手から落ちて、近くの個室のドアの下を滑っていった。

リンクがさっと向きを変えると、ロペスが下腹部を押さえていた。指のあいだから血がにじんでいた。

「ひどいのか？」リンクはきいた。

「ひどい」ロペスが、歯を食いしばって答えた。「しかし、警官が来るまでぐずぐず

している ほどひどくはない」

捜査されれば外交問題になるし、リオデジャネイロ警察のだれがフェレイラに買収されているかもわからない。ふたりとも拘束され、あすの朝までに殺されるおそれがある。

頭が潰れて床にうつぶせになっている男を見ようとして、野次馬が集まってきた。

「滑って転んだんだ」リンクは、だれにいうともなくいった。「だれか、救急車を呼べ」

だれかが揉《も》み合いを見たか、あるいは英語がわかるかどうか、リンクにはわからなかったが、周囲の人間がはっきり判断できなければ、時間を稼げるかもしれない。

「ここを離れよう」リンクは、ロペスにいった。「レイヴン、ロペスがナイフで脇腹を刺された。歩けるが出血している」

「わかった」レイヴンが、そっけなく応答した。

男子洗面所を出るときに、リンクは首をめぐらして、群衆のなかに殺し屋がいないかどうか探した。目を惹く人間はいなかったが、レイヴンが野球帽とメキシコ国旗のスカーフをかぶった女性ファンと取引しているのが見えた。レイヴンがたたんだ札数枚を渡して、スカーフと帽子を受け取った。

出口に向かう観客を縫って進んでいたリンクとロペスに、レイヴンが合流した。レイヴンがロペスの頭に帽子をかぶせ、腹にスカーフを巻いた。レイヴンがスカーフをきつく縛ったとき、ロペスが顔をしかめた。

「なにがあったの？」レイヴンがきいた。

「ロペスを追ってきたやつがいた」リンクはいった。「スパイの可能性があると、フエレイラから連絡があったにちがいない」

「あなたがロペスのお友だちをやっつけて、それが証明されたわけね」

「そうらしい」

「どこへ行くんだ？」ロペスがきいた。

「隠密抽出の合流点はここから八キロ離れている」リンクはいった。「がんばれるか？」

「車か？」

「バイク三台を駐車場に置いてある」バイクを使うことにしたのは、ロペスが運転できるからだった。それに、試合後の渋滞を抜けるには、バイクのほうが車よりも都合がいい。

よろめきながら歩いていたロペスが、首をふった。「バイクは運転できそうにない」

「わたしのうしろに乗ればいい」レイヴンはいった。「あなたは、わたしたちを掩護して」

それが賢明だと、リンクは思った。レイヴンはバイクの運転が上手だが、オレゴン号ではリンクがもっとも経験豊富なバイカーだった。カスタマイズされたハーレーダビッドソンまで所有していて、R&Rのときには船艙から出して乗りまわすこともある。必要とあれば、車のあいだを走り抜けながら、射撃することもできる。

三人がスタジアムの北出口に達したとき、コンコースにいた男ふたりに発見された。リンクとレイヴンは、急いでロペスを出口へ連れていき、追手は双方のあいだの群衆をかき分けようとした。

BMWのバイク三台が、駐車場にとめた場所にあった。レイヴンがロペスに手を貸してバイクに乗せるあいだに、リンクがリアボックスをあけて、グロック・セミオートマティック・ピストルを出した。ふりむくと、追手ふたりが武器を持って、出口から跳び出してきた。ひとりは走りながら携帯電話で話をしていた。

リンクは、そのふたりが発砲するのを待たなかった。近づいてくるふたりに一発ずつ命中させて斃した。

銃声は警官の注意を惹くにちがいない。リンクはリアケースからバックパックを出して背負い、バイクにまたがってエンジンをかけた。ふたりともヘルメットをかぶる手間を省き、サングラスだけをかけた。ロペスはレイヴンのバイクのバックレストにもたれ、片手をレイヴンの腰にまわし、反対の手で出血をとめるために傷口を押さえた。

キックスタンドをあげたとき、三台がタイヤを鳴らして角をまわってくるのをリンクは見た。いましがた殺した悪党の連絡が届いたらしい。赤いドゥカティのレーシングバイク二台に、黒いポルシェのSUV一台が従っていた。MP5サブマシンガンを持った男たちが、窓から上半身を出している。

「行け！ 行け！ 行け！」リンクはどなった。

レイヴンが後輪のタイヤを鳴らして発進し、リンクがすぐうしろにつづいた。ふたりのバイクは、わりあい往来のすくない大通りに出た。

「橋に行く前にふり切らないといけない」レイヴンがいった。風がうなりをあげていたが、その声がまるでとなりにいるように、リンクの頭のなかで響いた。

「わかってる」リンクは答えた。

目的の場所は、リオ・ニテロイ橋の中間地点だった。追手との距離をひろげないと、カブリーヨと会合《ランデヴー》するまで生き延びられない。

15

マクドがジェシカを連れて、シュガーローフ山の登山道を下ると、サルがキイキイ鳴いて、ふたりが来たことをハリに教えた。ハリが準備している装置を見て、ジェシカは急に足をとめた。

「冗談でしょう」ジェシカはいった。

「ジェシカ・ベラスコ」マクドはいった。「こちらはハリ・カシム、われわれの常勤パラグライダー達人だ」

金色と白の半月形のパラシュート翼が、地面にひろげてあった。パラグライダーが勝手に飛んでいかないように、ハーネスで収束しているサスペンションラインを地面に固定してある。傘体《キャノピイ》と呼ばれる翼の部分は、風をはらむとたちまち空に舞いあがりかねない。

マクドは、ジャマイカでパラセーリングをやったときにこのスポーツにはまったハリとおなじように、パラグライダーが楽しくなりはじめたところだった。パラセーリングでは、ボートに曳かれて、ウインチでロープを巻き上げることで、空にあがる。経験がほとんどない観光客がやることが多い。

だが、ハリは熱心な愛好家になって、高い崖からパラグライダーで滑空し、空に向けて自由に上昇する方法を学んで、やがて達人になった。上昇温暖気流《サーマル》に乗って滞空し、長い距離を飛んで、二時間三十八分と六五キロメートルという記録を出した。とはいえ、世界記録は五六五キロメートルなので、まだはるかに及ばない。ハリが空の水上スキーを楽しめるように、オレゴン号がモーターボートの代わりにパラグライダーを牽引するためのウインチまで船尾に取り付けてある。

「はじめまして」ハリは、もうひとつのパラグライダーの荷ほどきに追われていたので、ヘルメットを顎で示した。「きみのも持ってきた」

ジェシカは、呆然《ぼうぜん》としてヘルメットに近づき、取りあげた。「わたしには飛ばせないわ」

「飛ばさなくていい」ハリがいった。「わたしが操縦する。タンデムハーネスがある」

ジェシカがマクドのほうを見ると、マクドが肩をすくめて、ハリがふたつ目の赤とブルーのキャノピイを準備するのを手伝った。「山をおりるもっとも速い方法だ。きみはすでに目をつけられているから、ケーブルカーには乗れない。歩いて下ったら何時間もかかり、そのあいだにきみの友人たちがわれわれを襲撃できる」

「正気の沙汰じゃないわ。わたしの偽装がばれたと、どうして確信できるの？」

「おれっちにはわからないけど、ラングストン・オーヴァーホルトはそう確信しているよ」

「でも――」

「よく聞くんだ。踏みとどまって、ばれていないと祈るか、それともいっしょに来るか、ふたつにひとつだ。単純じゃないか」

ジェシカが文句をいうのが、マクドの神経に障《さわ》りはじめた。マクドは、あてつけがましく山道をふりかえった。まだだれもいないが、まもなく追手が現われるはずだ。

ジェシカが、マクドの視線を追い、顔をしかめてヘルメットをかぶった。

「どこへ行くの？」ジェシカがきいた。

マクドは、グアナバラ湾の湾口にあるラージェ島を指差した。

「あのちっちゃな点が見えるだろう？　あそこに着陸する。あそこなら、きみの友だちも来られない」

「そのあとは？　ボートが迎えに来るの？」

「潜水艇だ」

ジェシカが、驚いて目を剝いた。「いよいよおかしな話ね。あなたたちは何者なの？」

「政府の仕事を請け負う民間企業だ。全員が、会社のパートナーなんだ。あとで、われわれのタイムシェアのビジネスチャンスがわかるようなパンフレットをあげるよ」

「まいったわね。わたしはチャックルズ・ザ・クラウンに救出されるわけね」

「ちょっと待て！　おれのレインジャー時代のコールサインを、どうして知ってるんだ」

ジェシカは、ハリのほうを向いて、ハーネスを取り付けてもらった。「あなたは、こんな馬鹿話にずっと我慢しているの？」

ハリは、にやりと笑った。「給料が高いのは、そのせいなんだ」

「着陸まで、どれくらいかかるの？」

「長くて十分だ。軽風だから、乗り心地は悪くないはずだよ」

「でも、わたしは潜入任務をまだつづけられるはずよ」ジェシカがいった。マクドのほうをさっとふりむいた。「根拠もなく任務からはずしたとわかったら、悔やむことになるわよ」

「いまから悔やんじゃいけないかな？」

「あんたたちふたりをタンデムにしたほうがいいかもね」ハリがいった。「そうすれば、ハラハラ、ドキドキの〝ふたりの恋の行方は？〟ゲームをずっとつづけられる」

「やめてよ」ジェシカが、親指をマクドに向けた。「わたしの元夫は、彼よりもいい男だったわよ」

マクドが、ハリのほうを見て、首をふった。「金をもらう仕事でよかった。命を助けてもらうのに文句をいうやつにお目にかかるのは、はじめてだせ」

ハリは、にやりと笑って、肩をすくめた。自分もハーネスをつけて、サスペンションラインとジェシカにつなぎながら、発進のやりかたを教えた。

「ふたりでキャノピイのほうを向き、それが空気をはらむように、わたしがひっぱる」ハリはいった。「風を捉えたら、向きをかえて、斜面を崖に向けて下り、滑空する。わかるね？」

ジェシカが、不安そうな顔をした。

「前にもやったことがあるんでしょう？　タンデムを？」

「数百時間やった」ハリは安心させようとしてそういった。

事実ではないのを、マクドは知っていた。マクドに手ほどきをするために、きのうとおといにいっしょに飛んだだけだ。その前は、五、六回しかやっていない。ジェシカを落ち着かせるために、そういったのだろう。パニックを起こすと、人間は馬鹿なことをやる。

ジェシカがうなずき、マクドとハリは、通信できるのを確認するためにモラーマイクをテストした。それから、マクドがハーネスを身に付けた。

ハリがキャノピイを引きあげる前に、サルたちが派手に騒ぎはじめた。

「だれか来る」マクドがいった。

登山道をどたどたと下る足音が聞こえ、ジェシカの連れだった三人が、二五ヤード離れた木立から現われた。カラフルなキャノピイが地面にひろげてあるのを見て、三人は一瞬、唖然《あぜん》とした。

だが、驚きは長つづきしなかった。三人とも銃を抜いていたが、マクドがSIGザウエル・セミオートマティック・ピストルを抜いて撃ったので、物蔭に隠れた。

「離陸しろ」マクドはハリにどなった。「急げ！」

ハリがキャノピイを地面から持ちあげて、ジェシカとともに向きを変えた。数歩助走をつけて、空に飛び出した。

マクドがさらに数発を撃ったにもかかわらず、殺し屋三人は岩の蔭から応射した。

マクドもぐずぐずしていられなかった。拳銃をウェストバンドに差し込んで、サスペンションラインをひっぱった。キャノピイが風を受け、いっぱいに膨らんだ。ナイロンの布地にいくつか穴があくのが見えたが、大きく裂けないように願うしかなかった。

マクドは向きを変えて、足が地面を離れるまで走った。崖の縁を越えると同時に、キャノピイの揚力を減らし、撃ってくる敵から見えないように降下した。

ハリとジェシカが前方に見えたが、ようすがおかしかった。ジェシカが、適切な位置よりもずっと下にぶらさがっていた。

「ハリ、彼女は撃たれたのか？」

「いや」ハリの声には緊張がにじんでいた。「だが、一発がハーネスの一部を切り裂いた。ジェシカは紐《ひも》一本で宙づりになっている」

「なんとか行けるか？」

「バランスが悪くなるが、行けると思う。でも、それよりも大きな問題がある」

「ハーネスから抜け落ちそうになるよりも大きな問題か？」マクドは、びっくりしてきいた。

「邀撃機《ようげきき》が接近してくるみたいだ」

ハリは、カブリーヨのアルファ・チームが潜入した例のヨットを指差した。

最初は、マクドにはなにも見えなかったが、青空を背景にいくつかの点が散らばっていた。ハリのいうとおりだ。大きな問題がある。

大型のクワッドコプター型ドローン四機が、まっすぐにハリたちのほうへ近づいていた。

16

レイヴンとリンクは、リオデジャネイロとグアナバラ湾の対岸のニテロイを結ぶ長い高速道路橋まで、広い大通りを一直線に走り抜ける予定だった。しかし、交通量がすくなく、追手を撒《ま》くことができないので、代替ルートを見つける必要があった。ドゥカティ二台が、レイヴンたちとの距離を縮めていた。ドゥカティのほうがＢＭＷよりも速いし、レイヴンはロペスを乗せているために速度が落ちていた。

「ぐあいはどう、ロペス？」レイヴンはきいた。

「なんとかがんばる」ロペスが答えたが、声もレイヴンの腰に巻いた腕の力も、弱々しかった。落ちるといけないので、あまり乱暴な運転はしたくなかった。

「レイヴンと呼んで。力を節約して、がんばって」

「わかった」

リンクはレイヴンのうしろを走り、追手をさがらせるために、ときどき発砲していた。あまり効果はないようだった。レイヴンがミラーで見ると、ドゥカティ二台が見えた。ポルシェのSUVがすぐうしろにつづいている。

レイヴンは、モラーマイクのスイッチを舌で入れた。「オメガ、こちらベータ・チーム。負傷者がいるし、怒り狂った麻薬カルテルが追ってくる。応援と指示がほしい」

「現地ガイドとつなぐ」カブリーヨがいった。マーク・マーフィーのことだ。「なにをやればいい？」マーフィーがいった。

「渋滞は起きている？」

「橋まで渋滞はまったくない」マーフィーがいった。

「ちがうの。渋滞を見つけたいの」レイヴンはいった。「SUVだけでもふり切れるから」

「わかった」マーフィーがいった。「きみたちが走っている幹線道路に渋滞はない」

「それじゃ、脇道に案内して。できるだけ狭い道に」

携帯電話のGPSでマーフィーが位置を追跡していることを、レイヴンは知っていた。

「新ルートができた」マーフィーがいった。「つぎの角を右折」

「右折してる」レイヴンは答えた。車体を傾けて曲がったとき、BMWのフェンダーから銃弾一発が跳ね返った。きわどいところでタイヤには当たっていなかった。リンクがすぐうしろで、三発応射した。

「通りの突き当たりに」マーフィーがいった。「その道と直角に交わっている運河がある。それを越えないといけない」

「それがどう役立つの？」

「運河に人道橋が架かっている。狭くてSUVは通れない。幅三メートルだし、オンラインのストリートビューによれば、車止めの鉄杭《てつくい》がある。バックパックは背負っているね？」

「ばら撒く準備はできてる」リンクがいった。

「人道橋を渡ったら、左折すれば、リオ・ニテロイ橋までは一直線だ」

「わかった」レイヴンはいった。

人道橋が見えた。五段登らなければならない。

「つかまって」レイヴンはロペスに叫んだ。ロペスがしがみつこうとしたが、腕の力が弱かった。

レイヴンは、ハンドルバーを引いて、エンジンをふかし、階段を登るために後輪走《ウイリー》行を開始した。

リンクがつづき、ありがたいことにだれもいなかった橋を渡った。

「撒くぞ」リンクがいった。

バックパックのパラシュートの開傘索のような紐を引くことを意味する。バックパックには撒き菱《びし》が四百個はいっている。ジャッキのような形の鋼鉄製で、四本の鋭いスパイクがある。どういうふうに落ちても、いずれか一本が上を向く。ローマ帝国の時代に、馬やラクダが進むのを妨げるために使われた。現代では、空気を入れるタイヤにきわめて有効だ。

リンクが紐を引き、撒き菱がこぼれ落ちて、うしろの人道橋にばら撒かれた。角を曲がるときにレイヴンが横をちらりと見ると、ドゥカティ二台が階段を躍りあがっていた。橋の表面に落ちた小さな物体を意に介さず、二台は轟然と橋を渡りはじめた。

タイヤが撒き菱を踏んだとたんに、破裂した。ひとりは撒き菱の上を転がり、もうひとりはバイクがひっくりかえって、運河に落ちた。

ポルシェのSUVは、鉄杭の前で急停止したが、追跡をあきらめなかった。運河の対岸を走って追ってきた。

レイヴンはエンジンの回転をあげた。レイヴンとリンクのBMWのほうがSUVよりも加速力があるので、ふり切れるかもしれなかった。

しかしながら、どこへ向かっているかは、追手には一目瞭然だった。リオ・ニテロイ橋の入口までは、一・五キロメートルほどしかなかった。

世界最長の橋に達したときには、時速一六〇キロメートル以上出ていた。貨物船やクルーズ船が下をくぐって入港するので、橋の最も高いところは、水面から七二メートルも離れている。

「会合点まで、どれくらいかかるんだ？」ロペスが、レイヴンの耳もとできいた。言葉を発するだけでも、かなり苦しそうだった。「九十秒」

「九十秒？」頭のなかで計算したらしく、咳《せ》き込んでからいった。「橋のどまんなかか？」

「そうよ。跳びおりるの」

「この高さから？　自殺する気か？」叫んだので、また咳き込んだ。

「そうはならない。バンジージャンプをやるのよ」

昨夜、ガードレールにスプレーしておいたオレンジ色のペンキが目にはいると、レイヴンはバイクの速度を落とした。支柱の間隔も考えて、橋の最高度に近いところを念入りに選んであった。

レイヴンは、ペンキの目印のそばで右車線に急停車させて、バイクをおりた。サイドケースから発煙筒を出し、点火して、追突されるのを防ぐために、バイクの後方に投げた。リンクもとなりにバイクをとめて、おなじようにした。

ガードレールは、高さ九〇センチのコンクリートのベンチが並んでいるような造りになっている。

「会合点に着いた」リンクがいった。

「受けとめる準備はできている」カブリーヨが応答した。「医務チームも待機している」

ロペスが、バイクからおりた。ふらつき、顔色が悪かった。下半身が血にまみれていた。

「きみたちは正気じゃない」

「これで暮らしを立ててるのよ」レイヴンがそういって、反対側のサイドケースからハーネスを三つ出した。それに取り付けるバンジーコードは、リンクが持っていた。オレンジ色のペンキは、バンジーコードを橋に取り付ける場所を示している。下るときにたがいにぶつからないように、六メートルの間隔をあける。バンジーコードの長さは、この部分の橋の高さと、それぞれの体重を考えて、正確に測ってある。

レイヴンは、ロペスの体をそっとハーネスに収め、痛みがあるのに悲鳴をあげないことに感心した。ショック状態なのかもしれない。自分もハーネスを付けて、三つ目をリンクに渡してから、自分とロペスのハーネスにバンジーコードをつないだ。

「これをやったことはある？」背後の道路に目を配りながら、レイヴンはロペスにきいた。ポルシェか警察車両が、いまにも現われるかもしれない。

「スカイダイビングを二度」ロペスがいった。歯がガチガチ鳴っていた。

「おなじよ。なにも考えないで、ジャンプして」

「われわれの友人が戻ってきたぞ」リンクが、道路を指差した。黒いSUVが、車のあいだを縫い、急いで接近しようとしていた。そのずっとうしろに、ブルーの回転灯が見えた。「やつらが到着する前にガードレールを越えれば、もう安全だ。ここで車をとめて警察とやり合いたくはないだろう」

ふたりでロペスに手を貸して、ガードレールへ行き、登らせた。ベンチのようなガードレールに座ったロペスが、水面の七〇メートルほど上で、足をぶらぶらさせた。

「痛いわよ」レイヴンはいった。

「わかってる」ロペスがいった。「背中を押してくれ」

ぐずぐずして、本気かと念を押すひまはなかった。レイヴンはロペスの背中を押した。

それから、自分の場所へ行って、ジャンプした。

数秒間、無重力で浮かんでいた。その間、バンジーコードが切れて、すさまじい速度で落下し、コンクリートに激突するのとおなじ衝撃を受けるのではないかとひやひやした。

だが、コードがのびるにつれて、ゆるやかにひっぱられるのを感じた。水面の九〇センチ上で停止してから、橋の上と水面の中間まで引き戻された。首をまわすと、リンクとロペスもおなじようにリバウンドしていた。

何回か跳ねあがってから、三人とも停止し、操り人形のように橋からぶらさがっていた。眼下のすこし横のほうに、〈ゲイター〉が見えた。ハッチがあき、カブリーヨが出てきた。

レイヴンは、クイックリリースを使ってハーネスをはずし、海に跳び込んだ。レイヴンが浮上すると、カブリーヨが〈ゲイター〉に引きあげた。リンクがすばやくつづいた。

ロペスはぶらさがったままだった。意識を失っていた。

カブリーヨは、ハッチから下にどなった。「ロペスを回収できるように移動しろ」

〈ゲイター〉が、ロペスの真下へ行った。カブリーヨとリンクがロペスの体を抱え、レイヴンがバンジーコードをはずした。ロペスはふたりの腕のなかに落ちてきた。

ロペスをハッチからおろし、三人がつづいて艇内にはいった。

カブリーヨがハッチを閉め、潜水せずに最大速力で航走するよう命じた。オレゴン号の医務員ふたりがロペスを手当てし、追撃を受けて疲れ果てたリンクとレイヴンは、座席にへたり込んだ。ゴメス・アダムズが、ドローン二機を発進させる準備をしていた。

「なにに使うんだ？」リンクがきいた。

カブリーヨは、ぐったりしたロペスの体を見て、嫌悪と怒りをあらわにして、首をふった。それほど怒り狂っているカブリーヨを、レイヴンははじめて目にした。

「マクドとハリが危ないんだ」カブリーヨはいった。「きょうはもうだれも失いたくない」

17

ハリは、パラグライダーを空に浮かべつづけるのに苦労していた。ジェシカ・ベラスコのハーネスの右ストラップが銃弾で切断されたため、ジェシカはハリのハーネスに片手を通して、落ちないようにしていた。だが、そのせいで、重心が右に寄ってしまい、ハリがまっすぐな航路を維持するのが難しくなっていた。失速したら、予備傘《リザーヴ・キャノピイ》を投げてひらかないと、高度一〇〇〇フィートから海に墜落する。

タンデムハーネスでそんなふうに不時着水したら、溺《おぼ》れるおそれがあったので、ハリはジェシカに、落ち着いてしっかりつかまっていてくれと命じた。

ジェシカは、恐怖を顔に浮かべてうなずくのが精いっぱいだった。ハリも恐怖に襲われていたが、注意を集中しなければならないことがあった。それでも、胸のなかで心臓が激しく鼓動していたので、パラグライダーを制御するのとおなじように、ゆっくりとなめらかに息を吸えと、自分をいましめなければならなかった。

「ドローンを避けて飛ぶのは無理だ」ハリは、マクドに伝えた。「無事にラージェ島へ行くのも難しそうだ」

「オレゴン号のドローンじゃないよな?」マクドがきいた。

「われわれのドローンではない」〈ゲイター〉からカブリーヨが答えた。「フェレイラのヨットから発進した。ジェシカが逃げ出したあとで、カルテルの連中が連絡したんだろう。ドローンは爆薬を積んでいるかもしれないから、離れていたほうがいい」

「最高だね」ハリはいった。

「なんなの?」ジェシカがきいた。

「予定どおりに出迎えがある」ハリはいった。ジェシカの恐怖を煽《あお》っても無意味だ。「だが、急旋回しなければならないかもしれないから、しっかりつかまっていてくれ」

「どうして? ちょっと待ってよ」ジェシカが、近づいてくる点を空《あ》いた手で指差した。「あれはなに?」

「ドローンだ」

「まずいことなのね」

「ああ」

マクドが、編隊を組めるように、二五メートル以内に接近した。「計画は?」

島の要塞までまだ二分の一海里あり、パラグライダーは高度八〇〇フィートを過ぎて降下していた。

「ドローンが近づいてきたら、分かれて急降下する。あんたは右へ行け。わたしは左へ行く。螺旋《らせん》を描いて降下すれば、ドローンがマニュアルで操縦されていた場合には、追ってくるのが難しくなる」

ドローンが自動追尾装置を備えていたらおしまいだとは、つけくわえなかった。ゴメスがオレゴン号のドローンにそういうソフトウェアをインストールしているのは知っていたが、フェレイラのドローンもおなじかどうかは、わかっていない。

ドローンの群れが一〇〇メートル以内に近づき、一機が群れから分かれ、残りが遠ざかった。

「オペレーターがひとりしかいないんだ」ハリはいった。「そうでなかったら、全機で襲いかかってくるはずだ」

ショットガンがあればいいのにと、ハリは思った。小さくて機動性の高いドローンが相手では、拳銃は役に立たない。

「緊急退避旋回《ブレーク》を開始するタイミングを教えてくれ」マクドがいった。

「まだだ」

危険が迫っているのに気づいていないふりをして、ハリはパラグライダーを直線滑空させていた。ドローンが五〇メートル以内に近づき、急速に接近してくると、ハリはマクドにいった。「右緊急退避旋回《ブレーク・ライト》……いまだ！」

ハリは左手のトグルを引いた。キャノピイの左側が下がって、ハリとジェシカの体がまわり、降下した。胃がひっくりかえりそうな急降下に、ジェシカが悲鳴をあげた。

ドローンが、ハリとマクドの中間を飛び抜けて、三〇メートル上で爆発した。

ハリは、爆発の熱と衝撃を感じ、上を見た。キャノピイに損害はなかった。ドローンはかなり小さいので、軽いものしか積めない。すぐそばで爆発しないかぎり、なんとか切り抜けられそうだった。

まわりを見ると、べつのドローンが群れから離れていた。オペレーターは、おなじあやまちは犯さないだろう。

マクドも、それを察したようだった。「悪党ども、ワンストライク。さてどうする、ミスター空飛ぶ達人？」

「できるだけ早く島に降下するしかない」

「ドローンは？」

「よける」ハリはいった。

ジェシカを目指していた。

「あまり有益な意見じゃないな」

「名案がない」

「早く考えろ。ほら、来るぞ」

ドローンは、マクドを無視して、まっすぐハリとジェシカを目指していた。

ハリは、パラグライダーの向きを左右に変えてふり切ろうとしたが、ドローンの動きはすばやかった。一〇メートルの距離はあっというまに縮まり、吹っ飛ばされるにちがいない。

「わたしに名案がある」ゴメスが、通信システムでいった。

その瞬間、どこからともなくべつのドローンが現われて、攻撃を仕掛けていたドローンに神風特攻をかけて激突した。ドローンは二機ともプロペラが砕け、海に向けて落ちていった。オペレーターが爆薬を起爆させたが、遠く離れていたので、望んでいた効果はあげられなかった。

「ありがとう」ハリはどなった。「見事な操縦だった」

「あと一機しか残っていない」ゴメスがいった。

「有効に使ってくれよ」

ゴメスがもう一機のクワッドコプター型ドローンをべつの敵ドローンに体当たりさ

せるのを、ハリは見守った。二機とも爆発してバラバラになった。

それで敵のドローンは一機だけになり、それが高速で接近してきた。〈ゲイター〉が波を切り裂いているのが見えたが、まだ遠いので、そこからドローンを狙い撃つのは無理だった。オレゴン号が、〈ゲイター〉も含めて全員を回収するために、遠くからあとを追っていた。もちろん、到着するまで生きていればの話だ。

ラージェ島の要塞までは、ほんの数百メートルだった。上から見ると、着水した空飛ぶ円盤のように見える。湾内に突出している岩の小島は、港の入口を護るために十七世紀に建てられた要塞に覆い尽くされている。一メートルほどの厚さのコンクリートの屋根は、どんな攻撃にも耐えられるように、あとから増築されたものだ。艦船が接岸できるように、片持ち梁《はり》の鋼鉄の桟橋が島から突き出しているが、ここ数十年、軍事施設として使われたことはない。

マクドのパラグライダーのほうが、機動性が高いので、先に島に近づいていた。すばやく降下して、体を横転させながら要塞の屋根に着地した。

マクドは急いでキャノピイを体から切り離し、起きあがった。拳銃を抜き、ドローンめがけて撃ったが、命中させることはできなかった。

あとはハリの腕前しだいだった。ハリには計画があったが、自殺に近いきわどいものだった。だが、それがもっとも見込みがある計画だった。

暖かい湾の海水から、温暖上昇気流が湧《わ》き起こっているのがわかり、ハリはそれに乗って、島に近づくあいだに高度をあげた。この計画を成功させるためには、高度が必要だった。

「わたしのハーネスにしっかりつかまってくれ」ハリは、ジェシカにいった。

「こんなのが好きになれると思う？」

「好きになれるわけがない。落ちる準備をしてくれ」

「なんですって？」

だが、説明しているひまはなかった。ドローンが接近してきた。必殺距離にドローンが達する寸前、ハリはキャノピイの揚力を抜き、失速させた。ふたりはまるで石のように落ちていった。

ドローンが上で爆発し、キャノピイがずたずたになった。

ハリが予測していたとおりになった。ハリは予備傘《リザーヴ・キャノピイ》を手にして、体から遠くに投げた。

落ちていくあいだにリザーヴ・キャノピイが空気を捉え、着地する前に落下速度がかなり落ちた。

それでも、骨に響く衝撃があった。膝が不自然な角度に曲がって、ハリは悲鳴をあげ、ジェシカは固いコンクリートに、ヘルメットをかぶった頭をぶつけた。

マクドが駆け寄って、ふたりのそばでひざまずいた。「ふたりとも、無事か？」

「いや」痛みに歯を食いしばって、ハリがいった。「脚のどこかがちぎれたらしい」

マクドは、ジェシカをハリから引き離し、仰向けにしてヘルメットを脱がせた。ジェシカは目を閉じていた。

「気絶してる」マクドはいった。

マクドが頰を軽く叩くと、やがてジェシカが目をしばたたいてあけた。

「なにが起きたの？」

「ハリがきみの命を救った。だけど、見返りに脳震盪を起こしているみたいだ。あいにく、早くここを離れないといけない。ドローンがまた現われるかもしれない」

ジェシカが、マクドの手を借りて立ちあがった。マクドはつぎにハリがいいほうの脚で立てるようにした。マクドはふたりを両脇にぶらさげて、桟橋へ向かった。

三人は屋根からおりるのに苦労した。だが、鋼鉄の桟橋へ行くと、〈ゲイター〉がすでに横付けしていた。

片持ち梁の桟橋にカブリーヨが跳びあがって、リンクとレイヴンも手伝い、ハリとジェシカを何事もなく艇内に運び入れた。ハリがベンチに座り、オレゴン号の女性医務員が脚を見た。膝を触られると、ハリが顔をしかめた。

「前十字靭帯《ACL》を切ったみたい」医務員がいった。「オレゴン号に戻ったらCTスキャンをやりましょう」

「わたしはましなほうみたいですね」ハリは、床に横たわっている動かない男のほうを顔で示して、カブリーヨにいった。

「ナイフで刺された」カブリーヨはいった。「だいぶ失血しているが、ロペスは頑健だ。命に別状はないそうだが、手術しなければならない」

「マシャードは？」マクドがきいた。

カブリーヨが、暗い目つきになった。「助からなかったそうだ」

「ほかに負傷者は？」ハリがきいた。

「リンダだ。そばで特殊閃光音響弾が破裂して、鼓膜が両方とも破れたらしい」

「どうして、こんなとんでもない損害が出たんだろう？」死傷者の多さにショックを受けて、マクドが不思議そうにいった。

「わからない」揺るぎない決意をこめて、カブリーヨはいった。「だが、ぜったいに突き止めると約束する」

18

ブラジル、サントス港

マテウス・アギラール港長は、ランチをたらふく食べなければよかったと思った。セーレム号の船長室の悪臭がまわりに漂い、アギラールの胃と格闘し、悪臭のほうが勝ちそうになっていた。だが、ゴミ箱に吐くことになっても、賄賂《わいろ》をもらわずに出ていくつもりはなかった。

「わかっているだろうが、われわれは点検と予防措置を厳しくやらなければならないんだ、ホワイト船長」アギラールは、喉からこみあげる胆汁《たんじゅう》をこらえながらいった。

便器がゴボゴボ音を立てている洗面所のほうを、ちらりと見た。いまにも汚水が噴き出すのではないかと、心配になった。

デスクの向こうでギシギシ鳴っている金属製の椅子に座っている、肥った年配の船員がうなずき、銀色の顎鬚をしごいた。それから、右脚の切断面あたりを、ズボンの上からさすった。ホワイト船長は、かなり足をひきずって歩いていた。いまにも崩れそうなブリッジを見まわったときに、アギラールはホワイトの右脚に足をひっかけ、義肢を見せられた。

「このあたりで安全保障がきわめて重要だというのは、わかっている」ホワイトがいった。「あんたは港の安全を護らなければならないからね」

「だから、船艙と機関室を検査しなければならない。きのうのリオデジャネイロの事件を知っているはずだ。ここでおなじようなことが起きてほしくない」

リオデジャネイロのあちこちで起きた爆発と銃撃戦は、二十四時間前からずっと、ブラジルで大々的に報道されていた。セーレム号は現在、サンパウロのサントス港の荷役桟橋に係留されている。サントス港は南米最大の港なので、港湾業務が中断したら、ブラジル経済に大きな影響がある。

「で、あんたの目当てはなんだ？」

「なんだって？」アギラールはきき返した。

「値段だよ」ホワイトがいった。「いってみな」

「いったいなんの話だ？」

アギラールは港長になってから、何度となく賄賂を受け取っていたが、これほど話が早い相手は、ひとりもいなかった。

ホワイトが身を乗り出した。意外にもたくましい筋肉が盛りあがり、シャツがはちきれそうになった。

「こういう話だよ。わしには急いでおろさなければならない貨物がある。タービンもちょっと修理しないといけない。役人と揉めたら、よけいな時間がかかる。三時間以内に出港しなければならないんだ。遅れるわけにはいかない。で、あんたのいい値は？」

ホワイトの突き刺すような視線を浴びたアギラールは、落ち着かない気分になった。なんとなく異常な状況だが、どうして不安なのかわからない。不意に賄賂などどうでもよくなった。いくらもらっても割に合わないような気がした。

「何人か連れてきて、検査させたほうがいいかもしれない」アギラールはそういって、椅子から立ちあがりかけた。

「座れ」ホワイトが、動きもせずにいった。

アギラールは、胸をふくらまして、精いっぱい高飛車な口調でいった。ここは自分が管理している港で、自分のほうが偉いのだ。こんな無礼ないいかたは許さない。

「帰る。この船を虫眼鏡《むしめがね》で隅から隅まで調べる」

出ていこうとした。

「やめたほうがいい」ホワイトが、嘲《あざけ》りを含めていった。「入港料の上前《うわまえ》を撥《は》ねているのを、港湾局に知られたいのならべつだがね」

アギラールは凍り付いた。

「引退後に楽な暮らしをするためなんだろうが」ホワイトがつづけた。「刑務所にはいったら、使えなくなるぞ。おまえの横領の証拠書類が見つかったら、形ばかりの公判でそうなる」

アギラールが、さっとふりむいた。「どうしてそれを知っている?」

「わしのところには、隠された書類を見つける天才的コンピューター専門家がいる。証拠書類をインターネットで公開したら、もうごまかすことはできなくなる。腐敗した政治家は、儲けの一部を腐敗した役人にかすめ取られることを嫌う」

アギラールの膝から力が抜けた。椅子にどさりと座った。

「なにが望みだ?」

「申し分のない等級で、検査をすんなりと通してくれ。つぎにここに来たときも、おなじように貴賓《きひん》扱いしろ。わしは飴《あめ》と笞《むち》を使い分ける人間だから、ほら、手間賃をやるよ」

ホワイトが、アメリカドルの厚い札束を、テーブルの上で押しやった。

「つぎに来たときに、もっとやる。われわれの取り決めを不満に思ってもらいたくないからな」

ホワイトが立ちあがり、胃の中身が沸《わ》きあがりかけているアギラールを睨みつけた。

「だが、わしの船が船荷目録の記載漏れかなにかで不利な扱いを受けたときには、おまえは七十前に刑務所から出られたら幸運だろうな。わかったか《エンテンデ》？」

アギラールは、生唾を呑んでうなずいた。「わかりました」

ホワイトが、陰気な笑みを顔いっぱいにひろげた。「よし。ここにいるあいだに、おまえやおまえの部下がこの船に近づくのは許さん」

アギラールがよろよろと立ちあがり、デスクから札束を取った。「検査には完璧《かんぺき》に合格しましたよ、ホワイト船長」

ホワイトがうなずき、手をふって、別れの言葉を口にした。「さらば《アデウス》、友《アミゴ》よ」

アギラールは、船長室から駆け出した。上甲板まで行き、舷側から吐いた。

アギラールが船長室から跳び出すとすぐに、ザカリア・テイトは大笑いして、付け髭や付け鼻を引き剝がしはじめ、贅肉のない引き締まった顔、細い鼻、割れた顎が現われた。つぎに白い鬘《かつら》を取った。乱れた漆黒の髪が、その下にあった。セーレム号のチャールズ・ホワイトやポートランド号のチェスター・ナイトを演じるとき、テイトはつねに芝居を打つのに快感をおぼえる。

「やつは行った」テイトは、隠しマイクに向かっていった。「おぞましい悪臭を消していいぞ」

人工的な悪臭を、換気扇が数秒で船長室から吸い出し、テイトの好きな心地よい潮風の香りが取って代わった。

アブデル・ファルークが、船長室にはいってきて、にんまりと笑った。「核を使う手を持ち出さずにすみましたね、司令官」

「まあそうだな」テイトは、シャツの下から詰め物を出した。「そんなことをしたら、あのずる賢いやつは、一時間ねばって、値段をちまちまと吊りあげただろう。わたしは忙しい。そんな時間はない。貨物をおろして、金を受け取ろうじゃないか」

テイトが最後にはずしたのは、偽の義肢だった。テイトの無傷のふくらはぎに、成型プラスティックがかぶせてある。かゆくなるので、それが一番嫌いな偽装だった。

変装の道具をすべてデスクに置いたまま、テイトはファルークの先に立って、蛍光灯がちらついている通路を進み、掃除道具の物置へ行った。床に清掃用品が散らばり、棚は使われずに、カビが生えている。掃除用の深い流しには、汚れがこびりついていた。テイトは、コンビネーションロックをあけるように、カランを決められた順序でまわした。低いカチリという音がして、物置の奥の隠し扉があいた。

扉を引きあけて、趣味のいい燭台《しょくだい》形照明が壁にあり、毛足の長い絨毯《じゅうたん》が敷いてある廊下にはいった。まるで五つ星のホテルのロビーのようだった。

ファルークが、うしろの物置の扉を閉めた。「われわれが卸下《しゃが》したらすぐに積めるように、バイヤーがすでにコンテナ四台を受け入れる準備をしています」

「彼らはこっちの条件に同意したんだな?」

ファルークがうなずいた。「適正な提案でしたからね。武器はどこへ行くんでしょうね」

「知ったことか」テイトは、どうでもいいというように手をふった。「一度の輸送で二度、金がもらえるのが妙味だな」〈マンティコラ〉作戦は、計画どおりに成功した。CIAの隠れ蓑《みの》の会社から受け取った金は、無数のダミー口座を使って移動した。ぜったいに追跡できない。

テイトはポートランド号の作戦指令室《オプ・センター》にはいった。船の中心部にある統制中枢で、ブリッジの役割も果たす。上部構造のみすぼらしいブリッジは、見せかけだった。

推進、操舵、通信、兵装使用など、ポートランド号のすべての機能は、この作戦指令室から行なわれる。薄型ディスプレイ、タッチパッド・コントロール、奥の隔壁の巨大なスクリーンなど、恒星間宇宙船《スターシップ》のような造りだった。船体のいたるところにある高解像度のカメラが、四方を監視している。

テイトは、作戦指令室のまんなかの回転式指揮官席に陣取った。船のほとんどの機能を一カ所から統制できるように、アームレストに制御機器が組み込まれている。

「現況は？」テイトは報告を促した。

元ロシア海軍将校で副司令官のパーヴェル・ドゥルチェンコがいった。「いま一台目のコンテナを卸下しています、司令官」

ドゥルチェンコが、べつの幹部乗組員にうなずき、桟橋のクレーンがコンテナを持ちあげている画像が、メインスクリーンに表示された。

「最後のコンテナを桟橋におろしたら」テイトは、ファルークにいった。「口座に送金させろ」

「かしこまりました」

乗組員ふたりが手を打ち合わせてハイファイヴをやり、あとの乗組員も満足げに小声で話をした。ポートランド号が獲得したすべての戦利品の利益は、全員に分配される。

「必要なサプライヤーは見つかったか？」

「食糧と弾薬はすべて、一時間以内に補充されます」ドゥルチェンコがいった。

「わかった。今夜のターゲットを見せてくれ」

スクリーンに、ポートランド号の船尾方向の画像が表示された。フランスに向かう大型貨物船が、材木とコーヒーを積み込んでいるところだった。

「真新しい船のようだな」

「そうです」ファルークがいった。「そのせいで、船主たちは過大な負債を抱えています。リース契約を解除できず、赤字を出しつづけているんです。損失を埋めるには、船が沈没して、ロンドンのロイズ保険組合に保険金を払ってもらうしかないと、船主たちはいっています」

テイトが指を宙に舞わせて、世界一小さいヴァイオリンを弾く真似をした。

「泣き言なんか聞きたくない《クライ・ミー・ア・リヴァー》ぜ。通常の料金を払うといってるんだな？」

「はい」

「それじゃ、一石二鳥にしよう」

「どういうことですか？」

「われらが仲間のファン・カブリーヨは、きのうさんざんな目に遭った。ひきつづき苦難を味わわせてやるのさ」

作戦指令室の乗組員全員がうなずいた。

「それでは、貨物船を日没前に撃沈し、ポートランド号がそれをやっているのがよく映っている動画を撮影しておく。〈マンティコラ〉の乗組員が、大西洋で発見されたそうだ。アメリカ海軍は、行方不明の〈カンザス・シティ〉をいまも捜索している。悪逆な行為をひとつ増やして、オレゴン号に圧力をかける格好の機会だ」

これだけ容疑が重なれば、オレゴン号はアメリカ政府にとって汚らわしい存在になり、船長のカブリーヨも社会ののけ者になる。オレゴン号の分身《ドッペルゲンガー》――兵装システムや先進的な磁気流体力学機関にいたるまでまったくおなじ、双子のきょうだい――がいることを知るものは、CIAにはひとりもいない。

テイトの遠大な計画が、ようやく実を結ぼうとしていた。拷問され、独房に監禁されていた歳月に組み立てた計画だった。ポートランド号の乗組員のすべてとおなじように、テイトはオレゴン号に復讐《ふくしゅう》したかった。ポートランド号の全員を悲惨な目に遭わせたファン・カブリーヨに復讐したかった。

だが、テイトは、ＣＩＡでかつて同僚だったカブリーヨを殺すことは望んでいなかった。それでは単純すぎる。もっと手痛く懲《こ》らしめたかった。まず、カブリーヨの評判が地に落ちるようにする。それから、カブリーヨの乗組員を殺し、オレゴン号を沈没させ、カブリーヨが、大切なものをすべて失ったことを痛感しながら第三世界の刑務所に死ぬまで閉じ込められるようにする。

そうやって徹底的に苦しめるという妄想を味わいながら、テイトはにやりと笑った。ファン・カブリーヨを、完全に破滅させるのだ。

19

ブラジル、ヴィトーリア

ファン・カブリーヨがオレゴン号の医務室にはいっていくと、ジュリア・ハックスリーがタブレットコンピューターにメモをとっていた。オレゴン号の医務長のジュリアは、リオデジャネイロの港から急いで撤退したあとの二日間、とてつもなく忙しかった。カブリーヨはジュリアを見て、長時間働いた疲れが出ているのが、ありありとわかった。

ジュリアは、小柄な曲線美の体に、白衣ではなく、ゆったりしたグリーンの手術着をまとっていた。カウンターに力なくよりかかり、ふだんはもっと生き生きしている茶色の目の下には隈《くま》があった。黒い髪はいつもどおりポニーテイルにまとめられ、ジュリアがあくびをしたときに左右に揺れた。

「あまり寝ていないようだね？」カブリーヨはいった。

「ぜんぜん寝ていない」首をふって、ジュリアが答えた。「ここでずっと働き詰めなの」

「ロペスとベラスコが、マシャードの遺体といっしょに、アメリカに戻るチャーター機に乗ったことを伝えにきたんだ」

カブリーヨがヴィトーリアに戻ることにしたのは、大きな空港があり、病院や医師も揃っているからだった。

「ロペスのようすは？」ジュリアがきいた。

「だいぶよくなった。きみのおかげだ」

「さいわい、ナイフは命にかかわる器官を傷つけていなかったの。出血を抑えたら、あとは縫うだけでよかった。二、三日たてば歩けるようになるでしょう」

〈コーポレーション〉に参加するまで、ジュリアは一般外科医で、サンディエゴ海軍基地で主任医官だった。オレゴン号には手術室と診断室があり、ふつうは大都市の外傷センター（米国外科学会が定めた広範な基準により認証され、州政府に指定された医療施設）に求められるような外傷を、ジュリアと医務員たちが処置できる。

「ベラスコについての診断は？」

「要塞のコンクリート屋根に頭をぶつけたときに、ひどい脳震盪を起こした。ヘルメットをかぶっていなかったら、脳を損傷するか、死んでいたでしょうね。でも、数週間もしくは数カ月で治るでしょう」

カブリーヨは、ジュリアの横でカウンターにもたれ、腕を組んで険しい表情を浮かべた。

「三人を無事に連れ出せるような、いい計画だと思っていたんだが」カブリーヨはいった。

「自分を責めないほうがいいわ」ジュリアはいった。「もともと危険な仕事だもの。契約したときに、みんなそれは承知していたはずよ」

「しかし、今回は、ただ運が悪かったではすまない。わたしたちはしくじった。〈ゲイター〉に乗っていたリンダ、ゴメス、マーフィーになにが起きたのか、わかったか？」

ジュリアが、とまどった表情で首をふった。「三人とも徹底的に検査したけれど、なにも異常は見つからなかった。体内の残留化学物質を調べる毒物検査も陰性だった。リンダの怪我を除けば、なにも後遺症は残っていない」

「どうして急に頭がおかしくなったんだろう？」

「答えられないのをわたしが口惜《くや》しがるのは知っているでしょう。でも、こういうものは一度も見たことがない。すこし休んでから、医学文献をもっと詳しく調べてみるわ」

松葉杖《まつばづえ》のきしむ音が聞こえてから、ハリがよたよたと医務室にはいってきた。

「すべてうまくいったそうね」ジュリアはハリに向かっていった。

ジュリアは、ACL治療の権威として名高い整形外科医をヴィトーリアで見つけていた。

「一時間しかかからなかった」ハリがいった。「知っているかな？　あの整形外科医は、ブラジルの有名サッカー選手の膝の手術を一手に引き受けているんだよ」

ジュリアはうなずいた。「こっちに来る前は、ハーヴァードの医学部でわたしと同門だったの。あなたを早く診てもらうために、ちょっとコネを使わなければならなかった」

ハリがにやりと笑った。「じきにオーバーヘッドキックができるようになるはずだといったのは、そういうわけだったんだ」

「診察室へ行ってくれる？　すぐに切開部を診てあげるから」

ハリが親指をたてて、ひょこひょこと歩いていった。

「ベラスコを救うのに、予想以上にいい働きをしてくれたから、新品のパラグライダーを買うと約束したんだ」カブリーヨはいった。「もうひとりの負傷者については？」

「リンダのこと？」ジュリアは念を押した。「鼓膜が両方とも破れた。聴覚をほとんど失っている」

カブリーヨは、息を吞んだ。「永久に治らないのか？」

「そうならないことを願っているのよ。でも、もうすこしたたないとわからない。左右の耳の鼓膜がひどく損傷したけれど、自然治癒《ちゆ》すると思う。治るまでは、視覚を使って伝達しなければならないわね」

「あとでようすを見にいくよ」カブリーヨは溜息をついて、立ちあがった。「その前に、厄介な電話をかけないといけない」

「ラングストン・オーヴァーホルトに？」

カブリーヨはうなずいた。「この失態について、報告しなければならない」

「ふたりの命を救ったじゃないの」ジュリアは、カブリーヨの肩にそっと手を置いた。「あなたとオレゴン号のチームがいなかったら、工作員はいまごろ三人とも死んでいるでしょう」

ジュリアのいうとおりだったが、カブリーヨにはあまり慰めにならなかった。

　カブリーヨは、オーヴァーホルトに連絡するために自分の船室に戻った。はいると高齢の司厨長《しちゅうちょう》のモーリスがいて、コーヒーポット、マグカップ、果物の皿をテーブルに並べていた。モーリスは、オレゴン号で唯一のアメリカ人ではない乗組員だった。英海軍に数十年勤務したあとで、〈コーポレーション〉に勧誘された。例によって、非の打ちどころのない白いジャケットを着て、袖《そで》に清潔なリネンのナプキンをかけている。

「元気が出る軽いものを、お口に入れていただいたほうがよろしいかと思いまして、艦長」モーリスがいった。カブリーヨを〝会長〟と呼ばないのも、モーリスだけだった。海軍の伝統を守り抜いているのだ。

「ありがとう、モーリス」モーリスがオレゴン号のすべての物事を知り抜いていることに、カブリーヨはあらためて驚嘆した。モーリスは乗組員の噂話《うわさ》の震源なのに、だれもが信頼して内心を打ち明ける。「先ごろの任務の余波に、乗組員はどう反応しているかな？」

「比較的、元気なようでございますよ」コーヒーを注ぎながら、モーリスがいった。「不幸な結果が、艦長にも予期できなかった難題によるものだと、わたくしたちみんなが存じあげておりますので……ご用はそれだけでございますか、艦長？」

「ああ」

モーリスはひとことも漏らさずに、船室からすっと出ていった。

カブリーヨは、ひとつ息を吸ってから、電話をかけた。

テレビ電話がつながると、オーヴァーホルトが眉根を寄せた。「いささかやつれているようだな、ファン」

「こんなふうなので、スパとフェイシャルエステとマニキュアを予約しているんですよ」中途半端なジョークをいってから、カブリーヨは真剣な口調でつづけた。「わたしの報告はもう読んだと思いますが」

「読んだ。愕然としたといわなければならない。こんなふうに不意打ちされるのは、きみらしくない。乗組員がパニックを起こして、予定よりも早く作戦を開始した原因はわかったか？」

「まだわかっていません。ジュリア・ハックスリーが調べています。彼女なら、突き止めることができるでしょう」

「ふむ、きみたちをこれ以上、難局に追い込みたくはないんだが」オーヴァーホルトはいった。「事態を紛糾《ふんきゅう》させるような情報がある」

任務失敗をオーヴァーホルトの上司が叱責《しっせき》しているのだろうと思って、カブリーヨは身を乗り出した。

「〈マンティコラ〉の乗組員が救出された」オーヴァーホルトが、話をつづけた。「怖れていたとおり、〈マンティコラ〉は撃沈され、乗組員九人を失うという悲劇的な結末になった」

カブリーヨは、困惑して首をかしげた。「よくわかりません。それとわたしたちが、どう関係があるのですか？」

オーヴァーホルトは、苦り切っているようだった。「救出されたうちのひとりが、ジャック・ペリーというCIA工作員だった。知っているかね？」

カブリーヨは肩をすくめて首をふった。「わたしが辞めたあとで入局したのでしょう」

「ペリーは、CIAが支援している反政府活動向けに、武器をひそかに買うことになっていた。〈マンティコラ〉は海上で、ポートランド号という貨物船から武器のコンテナを受け取る予定だった」

よくない方向に話が進みそうだと、カブリーヨは察した。

「ペリーによれば」オーヴァーホルトがなおもいった。「ポートランド号は、船体の鋼板の奥に隠されていたガットリング機関砲と戦車砲で〈マンティコラ〉を砲撃して、撃沈したという。武器の代金も詐取《さしゅ》された」

カブリーヨは、唖然としてオーヴァーホルトの顔を見た。「その船の外見は？」

「ペリーが述べた特徴は、オレゴン号とぴったり一致している。クレーン五基、剝がれたペンキ、汚い船長室といったことまで」

「では、ペリーは船長と会ったんですね？」

オーヴァーホルトは、重々しくうなずいた。「船長の名前はチェスター・ナイト。明らかに偽名だ」強調するために、間を置いた。「それに、義肢だった」

カブリーヨは茫然とした。「ペリーは信用できる男なんですか？」

「他の生存者の話とも一致している。ナイトという船長のことはべつとして。ナイトを見たのはペリーだけだ」

「われわれは〈マンティコラ〉を撃沈していませんよ」

「もちろん、わたしにはわかっている」オーヴァーホルトはいった。「だが、その船がきみの船とよく似た名前だというのも、悪材料になっている。ポートランド号というのは、いかにもオレゴン号の偽名のようだからね」

どう思われそうかということを、カブリーヨはしばし考えた。「それに、四日前、わたしたちはその付近にいました」

「だからCIA上層部に釈明するのに苦労しているのだ」

「われわれが組織から離叛《りはん》したと、上層部は考えているんですね?」

「そういう結論にならないように、わたしは彼らの考えを変えようとしている」オーヴァーホルトはいった。「しかし、きみたちを弁護し、わたしの主張が正しいことを納得させるのが、途方もなく難しくなっている。有罪を示す証拠が、もうひとつ浮上している」

カブリーヨは、がっかりして、つぎの打撃を受ける心構えをした。

壁のモニターが、オーヴァーホルトの顔から、ノートパソコンの画面に変わった。動画が再生されはじめ、沈む夕陽に照らされている大型貨物船が映し出された。

「フランスの貨物船〈アヴィニヨン〉だ。サンパウロのサントス港をきのう出港した」

「昨夜、わたしたちはヴィトーリアに向かっていました」カブリーヨはいった。

「問題は、オレゴン号の最大速力なら、サンパウロの近くの海上にいても、いまきみたちがいるところへ行けるということだ」

オーヴァーホルトのいうとおりだった。アリバイが成り立たない。

「この動画は、どこで手に入れたのですか?」

「匿名《とくめい》で送られてきた。音声はない。漁船から携帯電話で撮影したものと思われる。CIA長官が憂慮している理由が、まもなくわかる」

画面の外からミサイルが一基発射され、〈アヴィニヨン〉の舷側に激突して、大きな穴があいた。一秒後に、爆発の衝撃でカメラが揺れた。

動画を撮っていた人間が向きを変え、〈コーポレーション〉が濡れ衣《ぎぬ》を着せられている理由がカブリーヨにわかった。不定期貨物船が二基目の対艦ミサイルを〈アヴィニヨン〉に向けて発射し、とどめを刺すのを、カブリーヨは恐怖におののきながら眺めた。

攻撃している船は、オレゴン号とそっくりだった。

20

ヴァージニア州、ラングレー

ラングストン・オーヴァーホルトがひとと会うのに、CIA本部を出ることはめったにない。オーヴァーホルトほどの地位と経験を有する人間には、たいがい相手が会いにくるからだ。しかし、〈コーポレーション〉との連絡担当として、オレゴン号の組織を離叛したかに思える行動に対処する責任がある。CIA長官がファン・カブリーヨに疑惑を抱いている。〈コーポレーション〉が犯罪事業で売国組織だと長官が宣言するのを阻《はば》むために、オーヴァーホルトはかなり魔力と説得力を発揮しなければならなかった。

カブリーヨのために時間を稼ぐ必要があると、オーヴァーホルトは判断した。ワシントンDCへ行って、国務省を訪れ、事態がフランスやブラジルとの大きな外交問題になるのを防ぐ必要がある。そのあいだに、あらゆる手立てで、オレゴン号に罪をかぶせた下手人《げしゅにん》を見つけ出すようにと、カブリーヨに命じてあった。

CIA本部のエントランスに近づいたとき、名前を呼ばれた。キャスリーン・バラードが、ブリーフケースを持って速足で近づいてきた。バラードは亜麻色《あまいろ》の髪、引き締まった体つき、広い歩幅で、三年前に昇進し、本部で自分の作戦を担当するようになってもなお、現場工作員の雰囲気がある。注文仕立てのパンツスーツと鼈甲縁《べっこうぶち》の眼鏡も隠せない美貌を、彼女はいくたびも任務で利用してきた。

「国務省に行くんですね」バラードがいった。「ポートランド号について新情報がはいったので、これから追跡調査のためにNUMA本部へ行くところです。お戻りになったら、その話ができますでしょうか?」

バラードは、ニカラグアの反政府活動を担当していて、ファン・カブリーヨのふりをした男と会った工作員のジャック・ペリーとは親しかった。

「おなじ方向へ行くんだから、いっしょに乗って、途中で説明してくれないか?」オーヴァーホルトはいった。

バラードは、オーヴァーホルトの申し出に驚いたようだったが、ちょっと考えてから、ごいっしょしますと答えた。「会議が終わったら、ウーバーで車を呼んで本部に戻ります」

オーヴァーホルトの専用車、黒のサバーバンSUVが、エントランス前で待っていた。近づきながら、オーヴァーホルトはきいた。「ペリーはどうしている?」

「救命艇に乗っていたのを発見されたとき、かなりひどい脱水を起こしていましたが、回復しつつあります。二、三日で仕事に復帰するでしょう」

「生存者が殺されなかったのは、奇妙だと思わないか?」

バラードが、肩をすくめた。「チェスター・ナイトと名乗った男は、わたしたちに意図を伝えたかったんでしょう。もうわたしたちのためには働かないと」

オーヴァーホルトはうなずいた。「それにしても奇怪だ。武器を南アフリカから運ぶのにポートランド号を雇ったのは、ペリーだったたんだろう?」

「ええ、警備に使ったことがあるペルシャ湾の首長の紹介だったそうです」

カブリーヨのビジネス手法と一致する。〈コーポレーション〉は、CIAの仕事だけをやるのではなく、無数の人脈を使って、他の仕事も引き受ける。そのうちのひとつが、友好国の政府や友好的な企業の海上警備だった。

サバーバンのところへ行くと、オーヴァーホルトの運転手兼ボディガードのジェフ・コナリーが、リアドアをあけて押さえていた。がっしりした体格のコナリーに、バラードが感謝の笑みを向けて、乗り込んだ。

「きょうの午後の道路状況はどんなふうかな？」乗り込みながら、オーヴァーホルトはきいた。

「きょうのジョージ《G》・ワシントン《W》パークウェイは、意外にもそんなに混んでいません」コナリーが、テキサスなまりの鼻にかかった声で答えた。「三十分で着くでしょう」

「わたしをおろしたあと、ミズ・バラードはNUMA本部に行くそうだ。送ってあげてくれるかな」

「お安いご用です」

車が走り出すと、オーヴァーホルトはバラードにきいた。「ポートランド号についての新情報とはなんだね？ わたしにどういう話があるんだ？」

バラードがためらい、あてつけがましくコナリーのほうを見た。

「だいじょうぶだ」オーヴァーホルトは請け合った。「ジェフは元SEALだし、わたしとほとんどかわらない保全適格性認定資格《セキュリティ・クリアランス》がある。家族のそばにいる時間がほしいから、この仕事をやっているんだ」

「お子さんがいるの？」バラードが、コナリーにきいた。

コナリーは首をふった。「おふくろが化学療法を受けているんですよ。おれはおやじをずっと手伝っているんです」

バラードが、悲しげな笑みを向けた。「ごめんなさい。よけいなことをきいて」

「いいんです」

ふたりがミラーで目を合わせたことに、オーヴァーホルトは気づいた。コナリーが結婚指輪をはめていないことに、バラードが気づかないわけはないと思った。

「ポートランド号の話に戻ろう」オーヴァーホルトは、バラードにいった。NUMAに着くまで、バラードとコナリーには軽口を叩く時間がたっぷりあるはずだ。「何者が動かしているのかについて、手がかりがあったのか？」

「なにもありません。ポートランド号に関する記録は、いっさい見つかっていません。わたしが調べたところでは、われわれの貨物を積んでケープタウンから出港した船は、ノレゴ号でした」

オーヴァーホルトは、みぞおちが冷たくなった。ノレゴ号は、カブリーヨがつかうオレゴン号の偽名のひとつだった。

バラードが話をつづけた。「ノレゴ号が、わたしたちの注文にない品物のコンテナを、ステレンボシュという会社から受け取ったこともわかっています。そのコンテナには、エグゾセ対艦ミサイル十二基が収められていると思われます」

「〈アヴィニヨン〉を撃沈するのに使われたミサイルだな」

バラードがうなずいた。〈コーポレーション〉の置かれた状況は悪化するいっぽうのようだった。エグゾセ・ミサイルは、オレゴン号の兵装のひとつだ。

「それで、ポートランド号の素性がNUMAでわかるのではないかと思っているんだな?」オーヴァーホルトはきいた。国立海洋海中機関《NUMA》には、世界一包括《ほうかつ》的な船舶データベースがある。

「問題が国家機密に関わるので、じかに問い合わせにいったほうがいいと考えました」

「賢明な考えだ」

コナリーの予想どおり、GWパークウェイを順調に走っていたが、チェインブリッジ・ロードの出口近くで、コナリーが不意にブレーキをかけた。その合流部は一車線に狭まっているのだが、前方の路肩からトラックが走り出した。

「なんて間抜けだ」コナリーがつぶやいた。クラクションを鳴らしつづけると、トラックが加速し、二台ともハイウェイの制限速度に加速した。だが、トラックは二車線にまたがって走っていた。

「信じられない」コナリーがいった。「待て……あれはなんだ……？」

オーヴァーホルトが身を乗り出してみると、トラックが曳いていたトレイラーのリアドアが急にあいた。暗いなかに巨大な銛《もり》が二本見えた。銛の切っ先は、オーヴァーホルトのサバーバンのほうを向いていた。

「離脱しろ！」オーヴァーホルトは叫んだが、間に合わなかった。

銛が発射され、フロントグリルを貫いて、エンジンブロックに食い込んだ。損壊したラジエターから湯気が噴き出した。それと同時に、トレイラーの後部から傾斜板がのびた。

銛につながれたケーブルがぴんと張り、サバーバンがトレイラーに引き寄せられていった。

コナリーはブレーキを踏みつけた。タイヤが悲鳴をあげて、煙が出たが、ケーブルはきわめて強靱《きょうじん》で、サバーバンはすさまじい速度で前方にひきずられた。コナリーがハンドルを左右にまわして、ジグザグに走らせようとしたが、たいした効果はなかった。いまの速度では、跳びおりることもできない。

「武器は持っているか？」オーヴァーホルトは、バラードにきいた。方策を考えて、目まぐるしく頭脳を働かせているのが見てとれた。

「いいえ」バラードがいった。

コナリーが、ハンドルと格闘するのをあきらめ、かがんで、足首のホルスターのリヴォルヴァーを取ってバラードに渡し、ジャケットからコルト・セミオートマティック・ピストルを抜いた。

数秒後にサバーバンは傾斜板に達して、あっというまに暗いトレイラー内に引き込まれ、うしろでリアドアが閉じた。

「四人いる」コナリーがいった。「防弾シールドがあるが、もし――」

コナリーのそのあとの言葉を、銃声が打ち消した。だが、外から撃ってきたのではなかった。キャスリーン・バラードが、渡された銃でコナリーの後頭部を撃ったのだ。

バラードは、愕然としているオーヴァーホルトのほうを向いた。表の男たちに待つよう手で合図した。この瞬間を楽しみたいようだった。

「では、きみが休眠工作員《もぐら》だったのか」オーヴァーホルトはいった。

バラードがうなずき、満足げににんまり笑った。「マシャード、ロペス、ベラスコの正体をばらしたのがわたしだということを、あなたはそのうちに突き止めていたでしょうね。リスクはあるけど、その前にあなたを拉致《らち》できるという自信があった」

「わたしがきみを乗せると、どうしてわかった？」

「乗せてくれるとは思っていなかった。運がよかっただけよ。自分の車で尾行して、トラックに合図するつもりだった。でも、わたしがあなたの車に乗って、自分の携帯電話のGPSを使ったから、ずっと仕事がやりやすくなった」

オーヴァーホルトは、騙された自分に腹が立った。「では、オレゴン号の隠密抽出任務は、罠《わな》だったんだな？」

バラードがうなずいた。「最初からそうよ。そして、あなたたちはみごとに罠にはまった」

「それはそうだ。きみのような叙勲《じょくん》されている工作員を疑う理由はなにもない」

「でしょうね。疑うわけがない。わたしは処女雪みたいに純潔よ」

「では、こんなことをして、それを台無しにする理由はなんだ？　わたしからなにを望んでいる？」

「あなたとファン・カブリーヨは、ザカリア・テイトに借りがある。あなたたちふたりが彼にやったことのせいよ」バラードは、トレイラー内の男四人に、オーヴァーホルトを捕らえるよう合図した。「あなたたちがわたしたちにやったことの代償を、これから払ってもらうわ」

21

　ヴィトーリアを離れたあとの四十八時間、オレゴン号は〈アヴィニヨン〉を撃沈した船とはまったくちがう様態になるように改造をつづけた。船体をまだらのくすんだ灰色に塗り替え、上部構造に偽の部分を付け足し、いまは使えないクレーン二基を分解している。そうやって変貌《へんぼう》すれば、ブラジル海軍に付け狙われずに分身船《ドッペルゲンガー》を捜せるはずだと、カブリーヨは考えていた。

　カブリーヨは、上甲板を歩いて、改造を監督しているマックスのそばに行った。昼過ぎの太陽を浴びて、マックスのハワイアンシャツは汗にまみれていた。

「どれくらいで出発できるかな？」カブリーヨはマックスにきいた。

「この仕上げには、一時間もかからないだろう」マックスがいった。使えないクレーンは、組み立てたり分解したりしやすいように、モジュール式になっている。

「船名もそろそろ変える潮時だ」

「賢人の考えることはおなじだな。おれも新しいのを編み出そうと思ってた。これまでの定番の名前は、すべてばれてると想定しなければならない」

船尾にどう描かれていても、乗組員はだれもがオレゴン号と呼ぶが、表向きの船名は港に着くたびに変える。船籍をごまかすためにイラン商船旗を翻らせることもあり、船体に埋め込まれた磁石に鉄粉を吹き付けて、数秒で船名を変えることができる。

「アン女王の復讐号では、ごまかし切れないかな？」マックスが、目を輝かせていった。

「海賊黒髭の旗艦にしたら、ちょっと目立ちすぎだろう。アナパカ号はどうだ？　使ったことがない」

「実在のQシップに因《ちな》んで？　いいねえ」

Qシップは、第二次世界大戦中に活躍した。オレゴン号とおなじように、弱々しい商船に見せかけ、武器を隠していた。無防備な貨物船を装って、敵潜水艦をおびき寄せ、浮上させるのが目的だった。潜水艦が浮上するのは、魚雷を節約して砲撃で貨物船を撃沈するためだが、騙されて返り討ちに遭う。Qシップは、敵国の貨物船をターゲットにして、じゅうぶんに近づいてから本性を表わし、砲撃することもあった。アナパカ号は、太平洋戦域で作戦を行なったアメリカ海軍のQシップだった。

どたどたという足音が、ふたりの背後から聞こえた。カブリーヨがふりかえると、エリック・ストーンが全速力で走ってくるのが見えた。エリックは元海軍士官で、オレゴン号の操舵手だった。エリックは、マーク・マーフィーと同年代で、ふたりともだれもが認める天才だった。非番のときはいつもいっしょにいて、たいがいビデオゲームかコンピューターのハッキングをやっている。ところが、ふたりの外見は、まったく正反対だった。マーフィーはだらしない格好を好むが、エリックはつねにきちんとした服装で、たいがいチノパンとブルーのボタンダウンシャツを着ている。ふたりは国防総省のミサイル防衛プロジェクトでともに働き、その後、〈コーポレーション〉に参加した。マクドがかなり手ほどきしているにもかかわらず、ふたりとも異性に求愛するのが苦手だった。

エリックが横滑りして、カブリーヨとマックスの前で立ちどまり、黒縁の眼鏡のぐあいを直した。

「どうしてそんなに急いでるんだ？」マックスがきいた。「バットマン映画の新作が作られるっていう発表でもあったのか？」

「あいにくちがいます」エリックがいった。「ラングストン・オーヴァーホルトさんの秘密番号から電話がかかってきました」

「〝ラングストン・オーヴァーホルトさんの秘密番号から〟というのは、どういうことだ？」カブリーヨはきいた。

エリックは首をふった。「かけてきたのは、オーヴァーホルトさんじゃないんです。べつの人間です。名乗らずに、会長だけとビデオチャットで話がしたいといってます」

「その相手は、わたしの名前をいったんだな？」

エリックはうなずいた。カブリーヨとおなじように、わけがわからず、不安になっているように見えた。

マックスが、分解作業を終わらせるのは部下に任せて、現場を離れ、三人いっしょに急いで作戦指令室《オプ・センター》へ行った。到着すると、カブリーヨは指揮官席に陣取り、マックスが機関制御ステーションで着席した。ハリは片脚にギプスをはめ、松葉杖をそばに置いて、通信ステーションにいた。マーフィーは兵装ステーションにいたが、いつものような明るさがなく、空席になっているリンダの持ち場をちらりと見たのに、カブリーヨは気づいた。リンダが負傷したことで、まだ自分を責めているのだ。あとで話をしようと、カブリーヨは頭にメモした。

カブリーヨがスクリーンで最初に見たのは、部屋のぼやけた映像で、何人かが動きまわっていたが、見分けがつかなかった。中心にいたひとりは近かったが、やはり顔はわからなかった。

「あんたはだれだ?」カブリーヨはきいた。

「ああ、ファン・カブリーヨだな」相手が楽しそうに答えた。「どこにいても、その声はわかる。わたしを憶えているといいんだがね」

聞いたことがあるような声だった。過去から響いてくるような感じだったが、カブリーヨには思い出せなかった。「顔がわかれば、助かるんだが」

「それはそうだ。失礼した」

画像がはっきりして、見えたものにカブリーヨは当惑した。

スクリーンに映っていた部屋は、オレゴン号のオプ・センターとまったくおなじだった。中央の男を含めて、四人がそこにいた。

全員が、カブリーヨの顔だった。

男が口をひらいたとき、まるでカブリーヨ本人がしゃべっているようだった。「これはわたしだ。さて、重要なことを話し合おう」

カブリーヨは、音を消すようハリに合図した。

「どうなっているんだ?」

マーフィーが、座席をまわした。「ディープフェイクみたいなアプリを使っているにちがいない。動画でひとの顔を別人の顔に貼り付けて、本人がしゃべっているみたいにみせかけるやつですよ」

エリックが、同意してうなずいた。「いちばん有名なのは、ニコラス・ケイジの顔を、『ロード・オブ・ザ・リング』とか『ターミネーター』みたいな、出演していない映画の登場人物に貼り付けたやつです。リアルタイムでできます。それに、ソフトウェアの特殊効果は、かなり本物らしく見えます」

「声も変えられるのか？」カブリーヨはきいた。

「いまのところ、それは難しいです」マーフィーがいった。「声はたぶん本物でしょう」

「まだそこにいるのか？」男が手をふりながらきいた。「もしもし」

カブリーヨは、ハリのほうを見た。「もとに戻せ」

ハリがうなずいた。

「こっちはみんな馬鹿笑いしているよ」カブリーヨは、抑揚のない声でいった。「あまり大きな声になったから、消音にしなければならなかった」

「きっと気に入ると思っていた」男がいった。「あんたは昔から自惚《うぬぼ》れが強かったから」

「で、あんたをなんて呼べばいい？　ファン二乗《スクエアド》とでも？」

「わたしをどう呼べばいいか、あんたにはわかっていると思うが、なにしろチェチェンのバーで前に会ってから、だいぶ年月がたっているからね。なんという店だったかな？〈ブラウン・ベア〉？」

相手の正体を不意に悟り、カブリーヨは顔から血の気が引くのを感じた。記憶にあるよりもがらがら声になっているが、あの男にまちがいない。

カブリーヨは、ゆっくりと立ちあがった。「あんたは死んだと公表されていた」

「では、思い出したんだな！」

「ザカリア・テイト」

「そう呼んでもらってもいい」テイトは、自分の指揮官席にゆったりと座り、落ち着きのない子供のように椅子を左右にまわしていた。自分を騙《かた》っているのがだれだったのかを、カブリーヨは知った。テイトの体に自分の顔が貼り付けられていることに、激しい嫌悪を感じた。

「ところで」テイトが話をつづけた。「この通話を録画しているのはわかっている。だが、自分の容疑を晴らすために、単純に偽造した動画をＣＩＡに送るような馬鹿な真似をしたら、二度と真剣に話を聞いてもらえなくなるぞ。もちろんわかっているだろうが、音声を比較しようにもテイトの声の録音はない。だから、『サタデーナイト・ライブ』の出演者を雇って物真似をさせたのかもしれないと思われるだけだ」

「いいたいことはわかった」カブリーヨはいった。「〈マンティコラ〉と〈アヴィニヨン〉のことを聞いている」

「ちょっと露骨なやりかただったが、注目してくれたようだな。では、これから重要な仕事をあたえる。じっさいにはふたつある」

「わたしがあんたの仕事を引き受けるわけがないだろう？」

「どうしてもやらなければならないわけではないが、やると思うね。ひとつは、〈カンザス・シティ〉というロサンゼルス級原潜に関する、あんたたちの必須事項だ。わたしはこれからその船体に爆薬を仕掛けるから、それが爆発する前に、あんたたちは処理しなければならない。七六メートルの深さに沈んでいるが、あんたたちの能力なら行けるはずだ。難しいが、面白い仕事だろう？　あんたたちは、その手のお楽しみを専門にしているわけだし」

「あてもない捜索に送り込まれるのは願い下げだね」カブリーヨはいった。「〈カンザス・シティ〉沈没にあんたが関わっていた証拠がどこにある？」

テイトが脇のほうに合図すると、だれかが長さ九〇センチの筒を渡した。「これがなにか、わかるか?」

カブリーヨはうなずいた。「SEPIRB。潜水艦緊急位置指示無線標識。潜水艦が沈没したときに船体から射出され、浮上して位置情報を発信する」

「そのとおり」テイトは、SEPIRBをカメラに近づけた。片面に〝カンザス・シティ〟とステンシル文字で描かれていた。偽物の可能性もあったが、シリアルナンバーも印刷されていた。カブリーヨはあとでマーフィーとエリックに、海軍のデータベースを調べさせ、本物かどうかを確認するつもりだった。だが、いまは本物だと想定するしかない。

「それで、〈KC〉の沈没地点を教えてくれるんだな?」

「まあ、正確な位置を教えるわけにはいかない」テイトがいった。「現時点では。それでは簡単すぎる。こうしたらどうかな? 爆薬が爆発する一時間前に、正確な座標を教える。そのために、あんたのすてきな船は、爆薬処理のためにモンテビデオの一〇〇海里南東にいなければならない」テイトが、緯度と経度を読みあげた。

「なにか落とし穴があるんだろう?」カブリーヨはきいた。

「さすがあんただ」テイトが一本指をふりながらいった。「あんたは昔から切れ者だった。落とし穴というよりは、大きなジレンマだな。その言葉が合っているかな？

とにかく、それと同時に、あんたにはブエノスアイレスにいてもらう」

「どうしてそうしなければならないんだ？」

「この男を助けるためだ」テイトが右を指差すと、カメラがそっちを向いた。

ラングストン・オーヴァーホルトだった。猿轡《さるぐつわ》をかまされ、椅子に縛り付けられていた。反抗心が鬱積《うっせき》した目つきだった。

テイトが、話をつづけた。「彼を潜水鐘《ダイビングベル》に入れて、ブエノスアイレス港のどこかに沈める。あんたは彼が窒息死する前に救い出さなければならない。生で動画を潜水鐘から発信するから、あんたはそれを見つければいいだけだ。簡単だろう」

テイトがこれを楽しんでいることに、カブリーヨはむかつきをおぼえた。「罠ではないと、どうしてわかる？」

テイトがあきれたというように目を剝いた。「罠に決まっているじゃないか！　それも難題の一部だ。やるほかに選択肢はないと思うがね」

テイトのいうとおりだった。選択肢はない。

「準備するつもりだ」

「そう来ると思っていた。ああ、それから、いうまでもないだろうが、あんたとあんたの部下以外のだれかが、この男や潜水艦を救おうとしたら、ゲームは終了だ。では、ひとまずさらば！」

スクリーンが暗くなる前に、ちらついた。

「最後のフレームを表示しろ」カブリーヨはいった。

送信が途切れる寸前の最後の一瞬、ディープフェイク・ソフトウェアが切れた。動いているせいで画像がすこしぼやけたが、年をとってやつれたザカリア・テイトの顔を、カブリーヨは見分けた。

一瞬、オプ・センターの一同は愕然として、黙り込んだ。

マックスが、カブリーヨに近づいた。「ザカリア・テイトとは何者だ？」

「以前の同僚の元ＣＩＡ工作員だ。わたしが会ったなかで、もっとも危険な男だ」

「だが、死んだと思っていたんだろう？」

「公式な報告書では、チェチェンの刑務所で同房囚に殺されたとされていた」

マックスは、スクリーンの画像を見た。「どうしておれたちを付け狙ってるんだ？」

「やつが付け狙っているのは、わたしだ」カブリーヨは、テイトの画像を怖い顔で睨みながらいった。「わたしがやつを刑務所にぶち込んだ」

22

ブエノスアイレス

ポートランド号のオーヴァーホルトの船室は、高価な家具調度が揃っていて、専用バスルームと柔らかいベッドがあり、居心地がよかったが、監獄であることに変わりはなかった。窓も丸い舷窓もなく、ドアには見張りがつき、四六時中監視されていることはまちがいない。オーヴァーホルトは高齢の割には健康で頑健だったが、腕ずくであろうと、ひそかにであろうと、脱出するのは無理だった。現場工作員だったのは、何十年も前の話だ。いまでは言葉だけが、オーヴァーホルトの武器だった。この状況から脱け出すには、腕力ではなく知力を使わなければならない。

服を着替えたかったが、この監獄はアルゼンチンまでの旅よりもずっと快適だった。キャスリーン・バラードに運転手のコナリーを殺されて、捕らえられたあと、秘密の場所に運ばれて訊問と拷問を受けるだろうと、オーヴァーホルトは予想していた。だが、トラックは倉庫へ行き、そこでベッドがあり、食料と水が用意されている小さなコンテナに移された。壁には防音材が張られ、助けを呼ぼうとしても外には聞こえないはずだった。なにが起きているのかわからなかったが、やがてコンテナがようやく動きはじめ、飛行機に積み込まれているのだとわかった。そのあとは、目的地に着くまでずっと、オーヴァーホルトは眠った。

目的地に到着すると、港に連れていかれて、元CIA局員ザカリア・テイトに出迎えられ、オレゴン号と瓜《うり》ふたつの船に案内されたので、オーヴァーホルトは驚愕した。〈マンティコラ〉と〈アヴィニヨン〉を撃沈したのは、この船にちがいない。オプ・センターでテイトがカプリーヨに奇妙なショーを見せるのに参加させられると、オーヴァーホルトはそのまま船室に連れていかれた。

それがきのうのことで、食事を持ってくる見張りのほかに、オーヴァーホルトはだれにも会わなかった。そのあいだに、テイトと話をするときに、どう働きかけるか、計画を練った。

表の見張りに話しかけている女の声が聞こえた。立ちあがってジャケットを着たとき、ドアがあいた。

オーヴァーホルトを見て、キャスリーン・バラードが笑みを浮かべた。「あなたのオフィスに戻るとでも思っているの？　ネクタイまでちゃんと結んだままなのね」

「そうではないところへ行くんだろう」オーヴァーホルトはいった。「そのために来たんだな？」

「ご老体にしては鋭いわね」

「若いころはもっと鋭かった。きみの偽装を見抜けていたはずだ」

「自分を責めないで」バラードがいった。「わたしはすこぶる優秀なのよ。ザックもおなじよ」

「わかっている。遠い昔に、わたしが彼を訓練した」

「それなら、彼が達成できた物事を自慢に思うはずよ」

「それはありえないだろう」

「いっしょに来ればわかるわ」

バラードが先に立って豪奢《ごうしゃ》な廊下に出て、うしろから見張りがついてきた。見張りもバラードも、くつろいだようすだった。オーヴァーホルトの体力では、脅威にならないと思っているのだろう。関節がきしむただの年寄りだと見なしているのだ。それに付け込む隙はないかと、オーヴァーホルトは懸命に考えた。

「テイトがわたしに不満を抱いているのは、納得できる」歩きながら、オーヴァーホルトはいった。「しかし、きみはどうしてテイトに従って、一生を棒にふろうとしているんだ」

「一生を棒にふる?」馬鹿にするように笑いながら、バラードが鸚鵡《おうむ》返しにいった。「崩壊してしまうのは、あなたの評判のほうよ。ファン・カブリーヨの反組織活動にあなたが関与していることを示す、非常に有害な情報を、わたしは残してきたの。わたしは、あなたの秘密を発見したせいで、あなたたちに拉致されて行方不明になった、なんの罪もない傍観者とみなされるでしょうね。ザックをチェチェンの刑務所で朽《く》ち果てさせようとしたから、あなたはこんな目に遭っているのよ」

「任務を引き受けたとき、彼はそういうリスクを承知していた」

「自分の国に売られるようなリスクは含まれていなかった」

「あいつは売国奴《ばいこくど》だった。われわれの戦う大義すべてを裏切った」オーヴァーホルトがバラードを見ると、憎悪を煮えたぎらせているのがわかった。そのとき気づいた。

「きみはテイトと恋仲なんだな」

「それを、これだけの月日、ずっと秘めてきたのよ。諜報《ちょうほう》という稼業で、わたしたちがどれだけ優秀かということが、それでわかるでしょう」

「いつからだ？」

「ふたりとも入局したばかりのころから、付き合いはじめた。明るみに出れば出世の妨げになるとわかっていたから、隠していた。偉大なラングストン・オーヴァーホルトにいつまで見抜かれずにすむかということが、ゲームのようになった。あなたはまったく気づかなかった」

「やがて、テイトが投獄された」オーヴァーホルトはいった。「ふたりの関係を明らかにすることなど、できるはずがなかった」カブリーヨも気づかなかった。

「そんなことをしたら、共謀者の烙印《らくいん》を捺《お》される」バラードが、くすりと笑っていった。「わたしはそんな間抜けではないわ」

「わかっている。きみはきわめて狡知《こうち》に長《た》けている。だから優秀な工作員になれると思った。ただ、偽装がもっと奥深かったことに、わたしは気づいていなかった」

「ありがとう」バラードが、褒め言葉だと受け取って、本気でそういった。

オーヴァーホルトは、真鍮《しんちゅう》とマホガニー張りのエレベーターに乗りながら、周囲を両腕で示した。「わたしをアメリカからひそかに運び出したこともだが、これにも巨額の金がかかっているにちがいない。この作戦の資金提供者はだれだ？　中国か？　ロシアか？　イスラム過激派がオイルマネーを使えるのは知っているが、これは彼らの様式ではない」

「わたしたちの任務を信頼している、きわめて意欲の高い有志者の集団による民間組織よ。カブリーヨの〈コーポレーション〉とおなじ」

その説明に裏があることを、オーヴァーホルトは見抜いていたが、情報の流れをとめないために、バラードの虚飾に調子を合わせることにした。

「きみはテイトの脱獄に手を貸したにちがいない。内部の事情に通じた才能のある人間にしかできないことだ」

「それに、彼の死も偽装した」バラードが得意げにいった。「すべてが非常に巧妙だったし、あなたの目の前でやってのけた。優秀という言葉ぐらいでは、褒め足りないんじゃないの?」薄笑いをオーヴァーホルトに向けた。「だって、わたしはあなたのやり口をひとつ残らず知っているから」

エレベーターのドアがあき、潮の香りが押し寄せた。三人は、活発な動きのあるだだっ広い場所に出た。頭上のガントリークレーンが、黄色いダイビングベルを、オリンピックサイズのプールのようなところへ吊りおろしていた。プールのまわりの歩路《キャットウオーク》や甲板の作業員たちが指示をどなっていて、その声があたりに反響していた。

プールの向かいにいたザカリア・テイトが、オーヴァーホルトを見て、大股《おおまた》で三人に近づいてきた。

「すばらしいだろう？」両手を大きくひろげて、おおげさな仕草をしながら、テイトがいった。「ムーンプールにようこそ」

「これがなにかは知っている」オーヴァーホルトはいった。「オレゴン号の設計図で見た。どうやってファンの船を複製することができたんだ？」

「刑務所を脱獄したあと、数年前にウラジオストックのロシア海軍工廠《こうしょう》から盗んだことも含めて、長い話になる」

「記録はファンがすべて破壊した」

「そうかもしれないが、わたしが行ったあとだろうし、その話をしている時間はない。過密なスケジュールをこなさないといけないんだ」テイトはバラードのほうを向き、キスをした。「興味をそそられる細かい話をしてやったのか？」

「そのお楽しみを、あなたから奪うはずがないでしょう」吐き気を催すような甘ったるい声で、バラードがいった。

「ありがとう、おまえ」テイトが、手を拍《う》って、ダイビングベルを指差した。「あれがなにか、知っているだろう？」

球形のダイビングベルには、窓がひとつあり、太い鉄棒の枠《わく》に囲まれていた。海底に置かれたときに脚になる太い支柱が下にのびている。底にハッチがあり、鉄棒には大きなエアタンク十二本と多数のバッテリーが取り付けてあった。

「専門用語で人員輸送カプセルと呼ばれている」オーヴァーホルトは答えた。「深海飽和潜水のときに、ダイバーが乗る」

テイトが、オーヴァーホルトのほうに指をふって、笑みを浮かべた。「大正解！　いまでもあいかわらず手強《てごわ》そうだ。これは七〇年代の製品で、北海の油田整備に使われていた。捨て値で手に入れることができた」

「そして、わたしをこの古いダイビングベルに閉じ込め、わたしを救おうとするファンをおびき寄せるのに使う」

「またしても正解だ！　われわれはこれを港の底に沈めて、そこから離れる。あんたが二十四時間、生きていられるだけの空気がある。一酸化炭素中毒で死ぬのは、そんなに苦しくないと聞いている」

「どのみちわたしを殺すつもりだろう」

「それはファン・カブリーヨしだいだ」

「そうかね？」オーヴァーホルトは、ダイビングベルに取り付けてあるものを顎で示しながらいった。「あれは爆薬だろう。わたしの思いちがいでなければ」

「そのとおりだ」テイトはいった。「しかし、あれはカブリーヨがごまかしをやるのを防ぐためのものだ。アルゼンチン沿岸警備隊をカブリーヨが呼ぶとは思えないが、そういうときに、あんたが沿岸警備隊に救助されないようにするためだ」

「つまり、ファンがダイビングベルに近づいたら起爆するわけだな？」

物分かりが悪いなというように、テイトが首をふった。「とんでもない。わたしはカブリーヨを殺したくない。苦しめたいんだ。死んだらもう苦しまない。カブリーヨがあんたを救えなかったら、うまくいく見込みが水の泡になったことに後悔しながら、みじめな一生を送ることになる。ああ、これはうまいたとえだな」

「ファンが来ると確信しているんだな？」

「カブリーヨは競争心が旺盛《おうせい》なボーイスカウトだ。いってみれば、あんたは囚われの姫君だ。そんなやりがいのある難問に、カブリーヨが背を向けるわけがない。そうと も、わたしはやつのことをよく知っているんだ」

「彼もおまえのことをよく知っている」

「だからこそ、おたがいにものすごく楽しいわけだよ」元の相棒と知恵を競い合うことを考えて、テイトは恍惚《こうこつ》としているようだった。バラードが満面の笑みをテイトに向けたので、おなじように楽しんでいるのがありありとわかった。

「では、カブリーヨを捕らえる計画なんだな?」テイトを刺激して役立つ情報を口走らせようとして、オーヴァーホルトはわざと馬鹿な質問をした。「うまくいくといいがね」

テイトが、馬鹿にするように鼻を鳴らした。「惜しいが、はずれだ。これでは独演会だな。まったく話が通じていない。あんたにはわたしの計画のほんの一部しかわかっていない」

「おまえが〈マンティコラ〉と〈アヴィニヨン〉を撃沈したのは知っている。〈カンザス・シティ〉が行方不明になったのも、おまえがやったんだろう」

「一週間の仕事にしては悪くないとは思わないか?」

「最初の二隻を撃沈した理由がわかっているが、三隻目の原潜のほうは、どうもよくわからない。リスクが大きすぎるだろう」

「今後、顧客になる可能性がある連中に、われわれの戦闘能力を示したかった。それに、あのSEALは、従兄弟の死に興味を持ちすぎた」

バラードの目がかすかに鋭くなるのを、オーヴァーホルトは見てとった。テイトはそれと気づかずに、重要な情報を漏らしてしまったにちがいない。

「そのSEAL隊員がオレゴン号に発見されたら、おまえの破滅の原因になりかねない」オーヴァーホルトはいった。

テイトが首をふった。「まずありえない。潜水艦は損傷が激しいから、最初の衝突で死ななくても、乗組員はいまごろひとり残らず死んでいるはずだ。それに、カブリーヨが知っているのは、沈没している深度だけだ。オレゴン号は、〈カンザス・シティ〉から二〇〇〇海里以上も離れたところにいる」テイトは、四人のそばに吊りおろされていたダイビングベルのほうを示した。あいたハッチに、梯子が立てかけてある。「さて、乗り込む時間だ。なかにプロテインバーとボトル入りの水がある。あんたを監視するカメラもある。空気がなくなるあいだ、あんたが目を醒まして、意識がはっきりしているのを、カブリーヨに見せたい」

「わたしがいうことをきかなかったら？」

「担ぎあげて押し込むだけだ。好きなほうにしろ。だが、そうすると最後の二十四時間は、あまり快適ではなくなるだろう」テイトが顔を輝かせ、悪意のこもったうれしそうな笑みを浮かべた。

「一理あるな」オーヴァーホルトはいった。

梯子を昇りはじめた。

23

ブラジル沿岸沖

オレゴン号が最大速力でブエノスアイレスに向かうあいだ、カブリーヨはジュリア・ハックスリーの医務室で、右太腿《ふともも》にGPS追跡装置を挿入してもらった。乗組員は全員、拉致された場合に発見できるように、追跡装置を仕込まれている。一滴の血を拭いながら、ジュリアがいった。「終わった。この新設計がうまくいくと思っているのね？」

「マーフィーが二度検査した」カブリーヨは、挿入個所を調べた。「穴が見えなくなるまで、どれくらいかかる？」

「一日で見えなくなるでしょう。これが必要にならなければいいけれど」

カブリーヨは立ちあがり、ズボンを引きあげた。「わたしのことはよく知っているはずだ。つねに代案があったほうがいいと思っている」

「わたしが聞いた話では」ズボンを指差しながら、ジュリアがいった。「これは代案ではないでしょう。代案を立てる計画だというだけよ」

「そのとおりだ」マックスがうしろでいった。「それに、嫌な予感がする」

カブリーヨはふりかえっていった。「まったく油断も隙もない。あんたの首に鈴をつけないといけない」

「おれも追跡装置を仕込まれてるよ。あんたとおなじように」

「だったら、あんたが近づいたときに警報が鳴るように、携帯電話を設定しておかないといけない」

「いらいらが早まるだけだぜ」マックスがいった。「あんたもおれも。こんどはどこへ行くんだ?」

「マジックショップ」

「いっしょに行く」

ジュリアが手をふり、ふたりは出ていった。

「タイニーから電話があった」歩きながら、マックスがいった。「ガルフストリームでブエノスアイレスに向かっている。八時間後に到着するはずだ」チャック・〝タイニー〟・ガンダーソンは、〈コーポレーション〉の専属航空機パイロットだった。目的地に早く行きたいときには、タイニーが社有ジェット機か翼のあるものならなんでも飛ばす。

「われわれが必要なチャーター機を、タイニーは見つけたんだな？」カブリーヨはきいた。

マックスはうなずいた。「現地に旧《ふる》い仲間がいて、紹介してもらったようだ。単発のピラタスＰＣ‐６ポーター。飛ばしやすいそうだ」

「あすのブエノスアイレスの天気は？」

「晴れ。降水確率ゼロ」

「幸先《さいさき》がいいな」

「ほんとうに、おれがいっしょに行かなくていいのか？」マックスがきいた。

「あんたにはオレゴン号を指揮してもらわないといけない。〈カンザス・シティ〉の件で、テイトはなにか企《たくら》んでいるにちがいないし、あんたには現場でそれに対処してもらいたい」

「いいだろう」マックスが、不服そうにいった。「いっとくが、愚かな計画だと、いまも思ってる」

「うまくいかないと思っているんだな?」

「いや、うまくいくと思う。そこが問題なんだ」

オーヴァーホルトを閉じ込めたダイビングベルがどこにあり、仕掛け爆弾《ブービートラップ》がどういうふうに取り付けられているかが不明なので、救出任務はその場で工夫しなければならない要素が多い。鼓膜が破れたリンダがまだ働けないので、エアロック付きの大型潜水艇〈ノーマド〉は、エリック・ストーンが操縦する。オレゴン号はブエノスアイレスの二〇海里沖まで行き、〈ノーマド〉を発進させる。最大巡航速力で港まで三時間以上かかる。エディーとリンクがそれに乗る。それと同時に、カブリーヨは、世界中の海軍特殊部隊が好んで使用している、膨張式硬式船体艇《RHIB》もしくは複合艇と呼ばれる、きわめて高速で水面を滑走する小型艇で出発する。マーフィーがいま、特殊な改造をほどこしているところだった。カブリーヨはＲＨＩＢを操縦して、独りでブエノスアイレス港へ行き、テイトの指示を待つ。

〈ノーマド〉とＲＨＩＢを発進させたあと、マックスは〈カンザス・シティ〉が沈没しているとされているモンテビデオの南東に、オレゴン号で急行する。そこはラプラタ川の河口からわずか一五〇海里しか離れていない。

オーヴァーホルトを無事にダイビングベルから脱出させるのは、きわどい作業になるはずだった。港の平均水深は一五メートルなので、通常のスクーバダイビング機材で潜水するのは難しくないが、テイトがビデオカメラで監視していることはまちがいない。それに、近くで見守っていて、ボートか潜水艇が接近する気配を嗅ぎつけた瞬間に、カブリーヨを捕らえようとするはずだった。だから、注意を惹きつけるような牽制《けんせい》が必要だった。その牽制は、きわめてリスクが大きい。

「ありとあらゆる選択肢を検討した」カブリーヨはいった。「そして、これ以外の計画は、成功する見込みが低い。ラングストンを救い、テイトを阻止する方法は、これしかない。これをやらなければならない」

武器庫と射場を通っているときに、マックスが立ちどまり、カブリーヨのほうを向いた。そして、カブリーヨを手招きして、武器のテストと射撃能力の維持に使う、隔壁を強化した全長二五ヤード一レーンの射場にはいった。

「あんたはテイトがCIAを裏切ったし、チェチェンの監獄にぶち込まれたのは当然の報いだといった。そのテイトが、おれたちを付け狙ってる。あんたたちふたりのあいだに、なにがあったんだ?」

カブリーヨは、溜息をついた。「そのときの状況を処理したやりかたは、自慢できるようなものではなかった」

「なぜだ?」

「わたしはザカリア・テイトと一年以上、いっしょに働いていた。テイトはわたしが会ったなかで、もっとも頭が切れて機略に富む工作員だった。数多くの諜報技術《トレードクラフト》を彼から学んだ。テイトは想像を絶するような窮地から脱け出すこともできた。ロシア語はわたしとおなじくらい流暢だから、いい組み合わせだった。とにかく、当時はそう思っていた」

「なにがおかしくなったんだ?」

「テイトだ」カブリーヨは、肩をすくめた。「なんといえばいいのか。あるいは、二〇世紀に生まれたのが、よくなかったのかもしれない。べつの時代なら、よかったのかもしれない。その両方だろうな。チンギス・ハーンのモンゴルの遊牧民からナチスドイツに至るまで、どの残虐な政権下でも、テイトは富み栄えていたにちがいない。テイトが異常な性格だということに、もっと早く気づくべきだった。自分が望む目的を達成するためには手段を選ばない。それがテイトの本性だったんだ」

最後にテイトを目にしたときのことを思い出して、カブリーヨは遠くを見つめた。

「幽霊でも見ているような目つきだぞ」マックスがいった。

「ただの不愉快な記憶だ」カブリーヨは答えた。「モスクワのアメリカ大使館を狙ったテロ攻撃がまもなく起きると予想され、その情報を手に入れようとしていた。首謀者たちはチェチェンの分離主義者で、コーカサス山中の村が根城《ねじろ》だというのを、わたしたちは突き止めた。情報によれば、テロ攻撃は数時間後に開始されることになっていたので、テロリストの正体と、どこに潜んでいるかを、早く探り出す必要があった。数百人の命が懸かっていた」

　その日のことを思い出し、カブリーヨは生唾を呑んだ。

「われわれは農家でテロリストひとりを捕らえた」カブリーヨは話をつづけた。「だが、口を割らない。その男の家族――妻、妹、十歳にもなっていない子供三人――が、となりの部屋にいた。わたしは、村のどこかにいるテロリストの相棒について手がかりを捜すために、そこを離れた。いまにして思えば、テロリストとその家族をテイトに委《ゆだ》ねたのは、明らかなまちがいだった。テイトは独特の目つき、憐《あわれ》みが影も形もない目つきだった。わたしとおなじように、感情を押し殺しているだけだろうと思っていた。だが、感情そのものがなく、自分がもくろんでいることに刺激をおぼえているだけだったのだ」

　マックスが、打ちひしがれた表情になった。どういう話になるか、察しがついたのだ。

「わたしはもうひとりのテロリストと撃ち合った」カブリーヨはいった。「その男は死んだので、情報は得られなかった。農家に戻ると、テイトがテロリストとともに表にいた。テロリストは泣き叫んでいた。農家は炎に包まれていた」

「テイトが放火したんだな」

カブリーヨはうなずいた。「テイトは笑っていた。口が裂けそうなくらい、歯を剝き出して笑っていた。モスクワの隠れ家《が》の場所を聞き出したとテイトはいい、攻撃を阻止した手柄で昇進すると自慢していた」

「テイトは、テロリストの家族を焼き殺したのか?」

「家族を家に閉じ込めて、しゃべらなかったら家を焼くと脅《おど》した。テロリストが信じなかったので、火をつけたぼろ切れを突っ込んだガソリン缶を投げ込んだ」

マックスは、嫌悪のあまり首をふった。「なんの罪もないひとびとを五人も殺したのか」

「いや、ひとりだけだ。わたしは家族を救おうとしたが、テイトが鍵《かぎ》を渡そうとしなかった。ドアは厚いオークだったから、撃ち破る前にみんな焼け死んでいただろう。テロリストには当然の報いだと、テイトはいった。だから、わたしはテイトの脚を撃って、鍵を奪った。テイトに裏切者といわれ、ありとあらゆる悪態を浴びせられた。

子供三人と妹を助け出すことはできたが、母親のところへ行けなかった」

「モスクワで大使館が爆破されたという話は聞いていない。テロ攻撃をあんたが食い止めたんだな」

「食い止めることはできたが、テロリストがしゃべった情報のおかげではなかった。テロリストは嘘をついていたとわかった。隠れ家についての情報は、末の子供のポケットに隠してあった手帳に書いてあった」

「テイトのやり口では、その情報は得られなかったわけだな」

「あとでわかったんだが、テイトは出世するために前にもおなじことをやっていた」カブリーヨは息を継いだ。「三人目の子供を家から救い出したときには、テイトはいなくなっていた。われわれのSUVに乗って、テロリストを連れて逃げた。わたしは会合地点まで二日間、森のなかを歩かなければならなかった。テイトは検問所で捕えられた。反政府勢力の兵士が、銃創の血がズボンについているのに気づいたからだ。反政府勢力がテイトを刑務所にぶち込み、テイトは自分たちの諜報員ではないと、CIAが否定せざるをえなくなった」

「やつがあんたを憎んでいる理由がわかった」マックスはいった。「だが、そういうやつが欧米のために活動しなくなったのは、いいことだ。あんたは正しいことをやった」

「そのとおりだが、そうするのが遅すぎた。すべて過去のことだと思っていた。三年前にＣＩＡ本部《ラングレー》から、テイトが同房の囚人に殺されたという報告が届いていた」

「脱獄したときに流した偽情報だな」

カブリーヨはうなずいた。「死んだように偽装して、それからずっと、復讐計画を練っていたんだろう」

「オレゴン号の分身《ドッペルゲンガー》を建造することも含めて」

「われわれが行って設計図を見つける前に、ウラジオストックへ行ったにちがいない」腐敗したロシア海軍提督の手を借りて、オレゴン号はそこの工廠で建造された。概略図がひそかに複製されて保管されているとわかり、カブリーヨのチームはそれを破棄するためにウラジオストックへ行った。しかし、テイトはその前に設計図を手に入れていたのだ。

「テイトはポートランド号をどこで建造したんだろう？」マックスがきいた。

「やつにきいてみよう」カブリーヨは、ドアをあけた。「マジックショップへ行かないといけない。あとで会おう」

マックスが皮肉っぽくいうのが、うしろから聞こえた。「〝やつにきいてみよう〟だと……」

任務に特殊な小物や装置、変装、偽造身分証明書などが必要なときには、マジックショップで創作される。運営しているのはケヴィン・ニクソン、アカデミー賞を何度も受賞しているハリウッドの特殊効果・メイキャップ・アーチストだったが、テロ攻撃で妹を亡くしたあと、テロと戦うためにショービジネスの世界を離れた。最初はCIAで働くつもりだったが、〈コーポレーション〉に招聘《しょうへい》された。巧妙に造られているカブリーヨの義肢はすべてケヴィンの設計によるものなので、思いがけずすばらしい人材が加わったことを、カブリーヨはよろこんでいる。

カブリーヨがマジックショップへ行くと、ケヴィンは多種多様な衣服のラックを漁《あさ》っているところだった。世界中の国の軍服もある。在庫にないときには、ケヴィンのチームがなんであろうとゼロから仕立ててあげる。

「おなじものは見つかったか？」カブリーヨはきいた。

スーツでいっぱいのワードローブから、ケヴィンが顔を出した。細面《ほそおもて》で茶色の濃い顎鬚を生やし、ぺろぺろキャンディの棒が口から突き出していた。カブリーヨの姿を見て、ケヴィンが服を押しのけて出てきた。〈アルマーニ〉のスーツと赤いネクタイを、誇らしげに掲げている。

「これならじゅうぶん似ているでしょう、会長？」ケヴィンがきいた。

カブリーヨは、スーツをよく見てうなずいた。人質動画に映っていたオーヴァーホルトが着ていた服と、かなりよく似ている。

「やつらがそばに来て、ラングの服ではないと気づいたときには、ばれても関係なくなっている」カブリーヨはいった。「ぺろぺろキャンディが突き出しているのはまずいぞ、ばれてしまう」

ケヴィンがくすりと笑った。「ああ、すみません」キャンディをゴミ箱に投げ捨てた。「ノンシュガーだし、スナック菓子を食べるのを我慢できますからね」

長年、映画のセットで手仕事をつづけてきたせいで、ケヴィンは肥満体どころではなく、風船のように膨れあがっていたが、〈コーポレーション〉に参加してからは、ジュリア・ハックスリーが組み立て、オレゴン号のミシュラン格付けシェフがコントロールする、厳格なダイエットに取り組んでいる。ほとんどの場合、体重を落とすのに成功しているが、それがケヴィンにとっては絶え間ない戦いだった。

「あそこのフレッドに着せれば、もっとそっくりに見えると思いますよ」ケヴィンが、メイキャップ用椅子のほうを指差した。

椅子に座っている精巧に作られた等身大の人形《ダミー》を見て、カブリーヨは頬をゆるめた。

〝フレッド〟という愛称のダミーは、新装置の安全テストにしばしば使われる。きょうのフレッドは、ラングストン・オーヴァーホルトの髪型とそっくりな半白の鬘をつけていた。顔もオーヴァーホルトに似せて作り変えてある。

「皺までおなじだ」カブリーヨは、唖然とした。

「ご心配なく」ケヴィンがいった。「フレッドが水に浸かっても、皺は取れませんから」

カブリーヨは、ケヴィンの超一流の仕事ぶりに感心したが、驚きはしなかった。オレゴン号の乗組員はすべてそうだが、ケヴィンも自分の仕事を極めるためにあらゆる努力をする。まして、乗組員仲間の生死が、それに懸かっている。

フレッドが、オーヴァーホルト救出に重要な役割を果たすことを、ケヴィンは知っていた。衝突テストに使われるダミーが、今回はカブリーヨの牽制の道具になる。

24

ブエノスアイレス

九一日が過ぎる前に、カブリーヨは、一五三六年に市が創立されたことを記念するオベリスコ・デ・ブエノスアイレスのそばに、独りで立っていた。その塔はアルゼンチンでもっとも有名な人工建造物で、世界一広い道路として知られる十八車線の七月九日大通りのまんなかにある。テイトの電話をそこで受けることにしたのは、見分けやすく、つぎの目的地に近いからだった。

予定の時間どおりに、オーヴァーホルトの電話番号から電話がかかってきた。

カブリーヨは、指示どおり動画モードで電話に出て、テイトの体に自分の顔が貼り付けられているのをふたたび目にした。

「また会えてよかった、ファン」テイトがいった。

「こっちはそうはいえないんだがね」

「ほんとうにブエノスアイレスにいるのがわかるように、一回転しろ」

カブリーヨは携帯電話をまわして、正午過ぎの車の往来を見せた。ひと目で、この大通りが見分けられるはずだ。

「これでいいか？」カブリーヨはきいた。

「七月九日大通りだな」

カブリーヨは、脇道に向けて歩きはじめた。「ラングをダイビングベルから出す前に、わたしを捕らえようと思っているといけないから、ここに長居するつもりはない」

「それでは、ゲームをはじめる前に、ぶち壊しになる。そんなことは夢にも思わない」

「あんたがここに来ているのはわかっている。港にポートランド号が見える」カブリーヨは、朝のうちに偵察して、見つけていた。船尾の船名はセーレム号で、オレゴン号よりもずっと様態を変化させていたが、全長と上部構造の位置がおなじだった。

「美しい船だろう？」

「いい船を、われわれから盗んだな」

「盗んだのではない。複製《イミト》を造ったのだ」テイトがいった。「ピカソは、こういっていなかったかな？　優秀な芸術家は模する。偉大な芸術家は盗む」

「あんたは芸術家ではない」

「わたしがオレゴン号そのものを盗んだら、その考えは変わるかもしれない」

「やってみればいい」

「ああ、やってみよう」

「こんなやりとりにはうんざりした」カブリーヨはいった。「オーヴァーホルトはどこだ？」

「約束どおり、そこから遠くない海中にいる。座標を送り、生動画とリンクする」

カブリーヨは、送られてきた座標を携帯電話の地図アプリに入力し、ダイビングベルがポートランド号から一海里離れたところにあるのを知った。その位置が正しいと想定するしかない。宿敵に嘘をつくことなど、テイトには思いもよらないはずだ。

つぎに、カブリーヨはリンクをクリックした。オーヴァーホルトが狭いダイビングベルのなかに座り、ボトルドウォーターを飲んでいる動画が映った。健康そうに見えた。隅のほうに残圧計が見えた。エアタンクにどれほど残っているかは読み取れなかったが、三十分以下で残圧がゼロになるにちがいない。

「これは録画かもしれない」カブリーヨはいった。「まだ生きていると、どうしてわかる?」

「オーヴァーホルトにさせたいことをいえ」テイトがいった。

カブリーヨは、一秒考えてからいった。「レースを終えたときのハンドシグナルをするようにいってくれ」

「わかった」テイトが答えた。「おまえの指示だと、わからせたいだろう」

短い間があり、オーヴァーホルトがカメラを見るのがわかった。それから、両方の親指を立てた。十キロ走を終えたときには、昔からそういう仕草をする。

「満足したか?」テイトがきいた。

「いや」カブリーヨは答えた。「だが、生きているのは信じる」

「いまはな。早く行ったほうがいい。あとで会おう」

テイトが通話を切ったとたんに、カブリーヨはタイニー・ガンダーソンを呼び出した。

「位置がわかった。準備はできているか?」

「エンジンはアイドリング中です」タイニーのよく響くバリトンが聞こえた。「離陸準備よし」

「五分でそこへ行く」

カブリーヨはレンタカーに乗り、三キロメートル離れたホルヘ・ニューベリー空港に行くために、中心街から北を目指した。空港はブエノスアイレス港に隣接していて、オーヴァーホルトが囚われている場所に近い。空港に着くと、カブリーヨはターミナル行きの出口ランプは通らず、滑走路の反対側の一般航空駐機場へ行った。

プロペラをまわしている白い飛行機のそばに、車をとめた。他の航空機とまったく異なっているのは、二本のフロートに着陸装置が取り付けてあることだった。このピラタス・ポーターは、水陸両用機型だった。着陸装置を格納して、着水することができる。

タイニーが、操縦席から手をふった。ブロンドのスウェーデン人のガンダーソンは、身長が一九五センチで、ラグビー選手のような体格なので、皮肉をこめて〝ちび《タイニー》〟という綽名をつけられた。タイニーがヘッドセットを横にずらして、ウィンドウから首を出した。

「いつでも離陸許可が得られますよ」

「よし。空にあがろう」

カブリーヨは、フロートによじ登って、機内にはいり、ドアを閉めた。そうやって密閉されると、タイニーがエンジンの回転をあげ、ピラタスが地上走行を開始した。

タイニーが、肩越しに大声できいた。「目的地は？」

カブリーヨは、座標を読みあげた。

タイニーが首をふった。「空港のグライドパス（滑走路に着陸するときの適切な角度のコース）に近すぎますね。接近するには、ちょっと工夫が必要かもしれない」

「好都合だ」カブリーヨはいった。「だとすると、テイトはわれわれの計画を予測していないだろう」

カブリーヨは、現在、ブエノスアイレス港内で〈ノーマド〉を操縦しているエリック・ストーンを呼び出した。

「座標は受信したか？」カブリーヨは、モラーマイクのテストを兼ねて念を押した。

ダイビングベルの座標は、空港へ行くあいだにメールで送ってあった。

「受信しました、会長」エリックが応答した。「いまそこへ向かっているところです」

「用心しろ。テイトがダイビングベルを見張っている方法が、すべてわかっているわけではないんだ。それに、われわれの意図を感づかれたくない」

「航行灯はすべて消してあるし、水中はかなり濁《にご》ってます。エディーとリンクはスクーバ器材をつけて、隠密抽出《エクストラクション》に備えてます」

「了解。予想どおり、テイトはダイビングベルからの動画を流している」

「それじゃ、計画実行ですね？」

「ああ、降下するときに報せる」

「了解です」

ピラタス・ポーターが離陸すると、カブリーヨはＲＨＩＢのコントローラーのほうへ行った。遠隔操作できるように、マーフィーが改造していた。ボタンをひとつ押せば、ＲＨＩＢは機関を始動し、港内のカブリーヨの位置に最大速力で急行する。ダイビングベルが沈められている場所から、ＲＨＩＢかピラタスのどちらでも離脱できる。

つぎに、ダミーのフレッドを確認した。激しい衝撃を吸収できるケースに入れてある。カブリーヨは頑丈なハーネスに腕を通し、ケースをロープでウエストにつないだ。

最後に、カブリーヨはパラシュートを身に付けた。

25

モンテビデオの南東

　ウルグアイの一〇〇海里沖のテイトが指定した座標にオレゴン号が近づくと、マックスは準備の状況をたしかめるために、ムーンプールへ行った。〈カンザス・シティ〉が近くに沈んでいて、爆薬が仕掛けられているとすると、とてつもなく危険な任務になる。

　マーフィーとハリはオプ・センターで、曳航《えいこう》アレイソナーを使って〈KC〉を捜す準備をしていた。いっぽう、マクドはヘリオックス・ダイビング機材を用意していた。テイトがいったことによれば、原潜は深度七六メートルで、大陸棚の縁近くに着底している。通常のスクーバのエアタンクによる最大潜降深度を超えている。ヘリオックスはヘリウムと酸素の混合ガスで、深海ダイビングの窒素酔いの危険性を和《やわ》らげる。

マクドの支援には〈ゲイター〉が使われ、聴覚を失っているリンダ・ロスが、精いっぱい手伝って、〈ゲイター〉の準備をした。他の技術者とは、ハンドシグナルとホワイトボードを使って、意思を疎通した。

ジュリア・ハックスリーが、歩路《キャットウオーク》から心配そうに見守っていると、マックスが横に現われた。

「リンダの具合はどうだ？」マックスは、ジュリアにきいた。

「ほぼ予想どおりなの」ジュリアはいった。「でも、耳が不自由なことに、リンダはいらだっている。休んだほうがいいといったんだけれど、船室で隔壁を睨んでいたら頭がおかしくなるというの」

「おれだって、そうなるだろうな。リオでの作戦中に、〈ゲイター〉に乗っていたリンダ、マーフィー、ゴメスになにがあったのか、まだわからないのか？」

ジュリアは、肩をすくめた。「推論は多いけれど、決定的なものがないの」

「たとえば？」

「除外できるものはいくつかある。三人とも徹底的に調べたけれど、体内にありえないような化学物質の残留は見つからなかった」

「つまり、毒物ではない」

「ええ。麻薬でもない。それに、三人を同時におかしくするような菌もありえない。食べ物も飲み物もちがっていたし。潜航中の〈ゲイター〉にエアゾール化されたガスが注入されたという推論もあるけれど、マーフィーが洗いざらい調べても、不審なハードウェアは見つからなかった」

「病気の可能性は？」

「ウイルスも細菌も増殖していないし、どのみちその可能性は薄い。突然、幻覚に襲われて、スイッチを切ったみたいに消えたと、三人ともいっているの。感染なら、症状が出て、消えるまで、何時間あるいは何日もかかる」

「それじゃ、残された推理は？」

ジュリアは、不思議そうに首をふった。「いくつか有力な推理はあるけれど、どれもありふれたものよ」

「いってくれ」

「マイクロ波は、脳神経が変化を起こす原因になりうる。そういう電波が水を通過し、〈ゲイター〉の船体を貫通することは可能かしら？」

「ありえないね。周囲の海水がまず電波を吸収して、沸騰《ふっとう》する。ほかには？」

ジュリアは、すこし居心地悪そうにいった。「催眠術」

「洗脳？　まさかそれはないだろう？」

「ありふれた推理だといったでしょう。でも、それくらいしか答えられないのよ。情報機関は、暗示と閾下《いきか》指示の力を強めるために、幻覚剤と催眠術を組み合わせた実験をやってきたけれど、結果はうまくいってもばらつきが大きかった。それに、薬物の痕跡《こんせき》は見つかっていないから、ありそうにない。でも、除外することもできない」

マックスは、あきれて目を剝きそうになるのを我慢した。「ほかには？」

ジュリアは、ひとつ息を吸った。「聴覚精神疾患」

マックスは、眉間に皺を寄せた。「それはなんだ？」

「文献を調べたところ、特定の周波数で大音量の聴覚刺激をあたえると、内耳の前庭系が震動して、神経路を妨害する共鳴を引き起こすことがわかった」

マックスが、サルにでもわかるように説明してくれという目つきで、ジュリアを見た。

「バランスと重心の感覚を得るのに、わたしたちは内耳を利用している」ジュリアは話をつづけた。「強烈な音は、超音波であろうと超低周波であろうと——いずれも人間の聴覚では捉えられない音よ——それらの感覚器官を狂わせる。音響戦は第一次世界大戦中からあった。ナチスドイツも、極度に大きな騒音を発するパラボラアンテナを兵器として開発したけれど、使用されなかった」

マックスはうなずいた。「それと似たような長距離音響装置《LRAD》というやつのことを、聞いたことがある。鼓膜が破れそうな耐えられない音を出す装置だ。貨物船や客船に積み、海賊を殺さずに撃退するのに使う」

「そのとおり。それに、キューバと中国のアメリカ大使館で起きた事件を憶えているでしょう？　館員が多種多様な体調不良を訴え、高周波の音波で攻撃されていたことが、あとでわかった」

「〈ゲイター〉に乗っていた三人が、そういうものに影響されたのは、どうしてだろう？」

「三人とも、ヘッドセットをかけていた。わたしはマーフィーに、耳に直接、信号を送るようなものがインストールされていないかどうか、ソフトウェアをすべて調べるように頼んだ。結果が出るまで、ヘッドセットをかけていておかしな態度を示す乗組員を見たら、すぐにはずさせるようにしてほしいの」

マックスはうなずいた。「そのおそれがあることを意識するよう、乗組員に注意を促そう」

マックスの電話が鳴った。ハリからだった。

「テイトから電話です」ハリがいった。

「つないでくれ」マックスはジュリアにうなずいてから、ムーンプールを出て、オプ・センターに向かった。

電話から、カチリという音が聞こえた。「こちらはマックス・ハンリーだ」

「ああ。憶えている。では、ファンはおまえに指揮をとらせているのか？　面白い選択肢だな」

マックスは、テイトの駆け引きに辛抱するつもりはなかった。「〈カンザス・シティ〉はどこだ？」

「もっともだ。おしゃべりをしている時間はない。六十分後に、〈KC〉の船体に取り付けた爆発物が起爆する。だから、いそいで動いたほうがいい」

「どこだ？」

「おまえたちが指示どおりの場所にいるのなら、たった八海里しか離れていない。精確な緯度と経度を、メールで送る」

「そこへ行ったとたんに爆発して、われわれの乗組員が殺されるようなことはないと、どうしてわかる？」

「それは正々堂々としたやりかたではないな。しかし、わたしをあまり信用しないほうがいい。それでも、リスクは承知のうえで、やるしかないんじゃないのか？　幸運を祈る」

テイトが電話を切った。マックスは、携帯電話をポケットに入れ、怒りのあまり歯ぎしりをした。オレゴン号では禁句になっている言葉をテイトが口にしたことも、不愉快だった。任務前に〝幸運を祈る〟のは悪運をもたらすと、オレゴン号では見なされている。

オプ・センターへ行くと、マックスはマーフィーに、テイトがメールしてきた座標の水深図を表示するよう指示した。

「七六メートル。テイトがいったとおりだ」マーフィーがいった。

マックスは、そこへの針路をとるよう命じた。「着いたら海底をソナーでくまなく捜索する」ムーンプールを呼び出し、二十分後にダイビングを開始できるように準備しろと指示した。

「レーダーでなにか捉えているか？」マックスはハリにきいた。「八海里西に一隻。全長一二メートル。遊漁船のようです。ほかにはなにも映っていません」

テイトの手先がその船から観察しているのかもしれないが、調べにいく時間はなかった。オレゴン号の脅威にはならない小船だが、目を離さないようにするつもりだった。

オレゴン号はまもなく水平線の向こうへ行ってしまうので、チャーターした遊漁船から観察をつづけることはできなくなる。だが、アブデル・ファルークは、空高くドローンを飛ばして、そちらからもオレゴン号を見張っていた。船主に通常のチャーター料金の倍を払い、ファルークとリー・クォンだけが乗っていた。スパイ船オレゴン号が、南東へ全速力で急行するのを見て、ファルークは悦に入った。

「こっちに向かってくるんじゃないか？」リーが不安げにいった。

「いや」ファルークが答えた。「やつらは司令官が教えた座標を目指している」

「〈カンザス・シティ〉のSEPIRBを見せたのが、説得力があったにちがいない」

「司令官は頭がいい」

「そこに潜水艦がいないことに、いつ気づくだろうか？」

「気づいたときには、おれたちが音響眩惑《げんわく》装置で攻撃している」それを搭載しているドローンが、すでに位置についていた。オレゴン号が射程内にはいったら、ファルーク司令官の命令でそれを作動すればいいだけだ。

「リオのときとおなじ効果があると思うか？」

　ファルークは首をふった。「もっと効果がある」

「あんな大きな船でも？」

「〈KC〉にやったように、最大出力でやる。数秒後に乗組員が反応するだろう」

「やつらが自分たちの船を爆破したり、沈没させたりするおそれはないのか？」

　ファルークは、肩をすくめた。「なんともいえない。もちろん、司令官はそれを望んでいないが」

「やつらがそうするほうに、百ドル賭ける」

　ファルークは、双眼鏡をおろして、リーににやにや笑いを向けた。「五百ドルにしろ」

「乗った」リーがいった。無線機が音を発したので、リーは向きを変えてブリッジにはいっていった。ファルークは、勝ったら金をなにに使おうかと思いながら、音響制御の最後の調整を行なった。

　リーが戻ってきて告げた。「ヘリコプターが四〇海里離れたところで、位置についた。あんたの合図を待っている」

　北で待機しているシコルスキーには、十人の強襲チームが乗っていた。音響兵器が発信を開始したら、十五分でオレゴン号まで行ける。そのころには、オレゴン号の乗組員は無能力化するか、海に跳び込むか、死んでいるはずだった。甲板に降下した強襲チームは、ほとんど抵抗に遭わないだろう。

「オレゴン号は、五分後に指定位置に到着する」テイトがなにもかも予測していたことに感嘆して首をふりながら、ファルークはいった。すべてが完璧に順序だって用意されている。

テイト司令官は、オレゴン号を沈没させることをもくろんではいなかった。オレゴン号を盗むことを計画していた。

26

ブエノスアイレス

カブリーヨはゴーグルをかけ、水陸両用機のあいた昇降口で体を安定させ、フロートにおりた。見おろすと、五〇〇〇フィート下にブエノスアイレス港があった。

「まもなく降下地点」タイニーが、通信システムで伝えた。

「了解」カブリーヨは答えた。ダミーを収めたケースを、床の縁にちょうどいい具合に乗るところまで引き出した。「準備よし」

「五……四……三……二……一……降下!」

カブリーヨは、ケースを押して落とし、そのあとからスリップストリームのなかに飛び出した。

たちまち水陸両用機の爆音が遠ざかり、自由落下するカブリーヨに叩きつける風の音が取って代わった。ケースの空気抵抗は、カブリーヨの体の空気抵抗とほぼおなじなので、下にぶらさがり、カブリーヨを水面へとひっぱっていった。降下をテイトが見守っていて、移動中に捕らえるか殺す方法を算段しているにちがいないと思った。

着水したあと、あまり時間がないので、できるだけ水面に近づいてから、パラシュートをひらくつもりだった。高度一〇〇〇フィートが目標だった。五〇〇フィートごとに高度計がカウントダウンするのが聞こえていた。ぞっとするくらい早いカウントだった。

カブリーヨは、ケースがいまもしっかりハーネスにつながっていることを確かめた。ノルマンディ上陸作戦で侵攻したアメリカの落下傘兵《らっかさんへい》は、重い装備バッグを渡され、それを脚にくくりつけた。戦闘とおなじ状況でテストしたことがなかったのは明らかで、パラシュートが開傘したときに、ほとんどのバッグがはずれた。そして地面に向けて落下し、闇のなかで見失われた。

ダミーのフレッドが着水前に離れてしまったら、カブリーヨは港の底まで勢いよく沈降し、任務ははじまったとたんに失敗に終わる。カブリーヨはこれを現実の世界の環境でテストしたことがなかったが、バックルはしっかりと固定されているようだった。

「二〇〇〇」コンピューター合成の声が、高度を告げた。「一五〇〇」

カブリーヨは、一〇〇〇フィートのコールをあらかじめ予期していて、コールと同時に開傘索を引いた。パラシュートが上に引き出され、胸とウェストを包むハーネスが、ウェットスーツに食い込んだが、はずれはしなかった。下でダミーのケースが激しく揺れた。テイトは、なんだろうと怪訝《けげん》に思っているにちがいない。

水面があっというまに近づき、カブリーヨは周囲をちらりと見た。近くに船はいない。手首の召艇《しょうてい》信号ボタンを押し、ＲＨＩＢの遠隔操作を開始した。いまごろは高速でこちらに向かっているはずだ。それと同時に、タイニーが水陸両用機を降下させて着水し、それが予備の離脱手段となる。

水飛沫《みずしぶき》をあげて水面を割ると、カブリーヨはリリースリングを引いてパラシュートをはずし、向きを変えて、ダイビングベルの位置を示す小さなブイを見つけた。浮かんでいるケースを曳いて、そこへ泳いでいった。

ブイに着くと、ハーネスに取り付けてあった〈スペアエア〉という小さなタンクをはずした。ダイバーが緊急時に使うもので、十五回呼吸できるだけのエアが充塡《じゅうてん》されている。カブリーヨにはそれでじゅうぶんだった。

マウスピースをくわえて、ケース内の空気を逃がすために、ダミーのケースを細めにあけた。ケースが沈んで、カブリーヨの体をひっぱった。

カブリーヨはヘッドランプをつけて、港の泥の海底に置かれた黄色いダイビングベルを見つけた。

近づくと、本体に取り付けてある爆弾が見えた。テイトは念のために仕掛けたのだといった。ただ殺すだけなら、こんな手間をかけるはずはない。そうであることを願うしかなかった。

ダイビングベルの上に達すると、カブリーヨは小さな電子機器を取り出して、ダイビングベルの内部と外側のカメラの画像をブイに送っているケーブルに取り付けた。その装置は通信に割り込んで、画像を一時記憶領域に移してから、ふたたび送信する仕組みになっている。信号の傍受に成功したことを、ディスプレイが示した。

カブリーヨは、モラーマイクを舌で二度叩き、装置が機能しはじめたことを伝えた。

「受信しました」〈ノーマド〉のコクピットから、エリックが応答した。「距離二〇〇メートルから接近中」

カブリーヨはまた舌で二度叩いて、了解したことを伝え、ダイビングベルの窓まで潜降した。オーヴァーホルトがなかにいるのが見えた。生きているが、疲れ果てているようだった。ハッチの内側のハンドルが取り去ってあった。カブリーヨは、オーヴアーホルトの目を捉え、ホワイトボードを窓に押し付けた。

〝一分間、身じろぎもせずにいてほしい〟。

質問すべきではないと、オーヴァーホルトは承知していた。かすかにうなずき、座席に座ったまま、無表情で壁を見つめた。

カブリーヨがリモコンのボタンを押すと、装置がダイビングベル内の動画と、外側のカメラが撮影している画像を記録した。一分後には、その動画をくりかえし送信しはじめるはずだった。テイトには、ダイビングベルの内部ではなにも変わったことが起きていないように見える。

カブリーヨは、ケースをあけて、身動きしないフレッドを出した。ケヴィン・ニクソンが請け合ったとおり、ダミーの髪と顔の造作はまったく崩れなかった。一〇ヤード以上離れたら、水に浸かったオーヴァーホルト本人に見えるにちがいない。

カブリーヨはケースを落として、時計を見た。カブリーヨの計算では、まもなくRHIBが到着するはずだった。いいタイミングだった。ミニタンクにはあと一度か二度、呼吸する分のエアしか残っていない。そのとき、突き進んでくる高速艇の機関音が聞こえた。

水面に浮上するとき、ダイビングベルに接近する〈ノーマド〉のヘッドライトが、下のほうに見えた。

リンクとエディーは、スクーバ器材を身につけて、〈ノーマド〉のエアロックハッチの周囲の手摺につかまっていた。ダイビングベルが見えて、着底している部分に〈ノーマド〉のライトが当てられた。スクリューがかきまぜる海水と泥が入り混じって、うしろで捲《ま》きあがった。

〈ノーマド〉を操縦していたエリックが、ダイビングベルの数ヤード手前で停止させ、たくみにホヴァリングさせた。

「彼を連れてくる前に向きを変える」エリックがいった。

「行ってくる」エディーが答えた。話ができるように、エディーとリンクはフルフェイスのマスクをつけていた。

ふたりは〈ノーマド〉から離れ、ダイビングベルに向けて泳いだ。リンクは、オーヴァーホルト用のダイビングマスクを持っていた。オーヴァーホルトはそれを付けてから、リンクとバディを組み、レギュレーターとつながっているオクトパス（予備のレギュレーター）からエアを吸うことになる。

エディーは時計を見た。カブリーヨがカメラ動画割込み装置のカウントダウンを開始してから、一分以上たっている。ホワイトボードを窓に押し付けて、ノックした。

〝もう動いていい。そこから連れ出します〟

オーヴァーホルトが、それを見てうなずいた。

リンクが、ダイビングベルに取り付けられている爆弾を指差した。

エディーがうなずいた。「はじめよう」

ふたりはダイビングベルの底に潜り込み、ハッチへ泳いでいった。

エディーがハンドルをまわして、あけようとした。ハンドルはまわり、開閉機構が動くのがわかったが、ハッチを引いても、びくとも動かなかった。

「テイトが、簡単には助け出せないようにしたんだ」リンクがいい、ハッチの縁を指でなぞった。

エディーは、もっと綿密に見て、どういうことなのか察した。扇形の頑丈な溶着金属が、ハッチの周囲に点々と見えた。

ハッチは溶接されてあかないようになっていた。

27

ザカリア・テイトは、ポートランド号の潜水艇〈欺瞞者《ディシーヴァー》〉に乗り、ダイビングベルから送られてくる動画を見ていた。〈ディシーヴァー〉は、オレゴン号の〈ゲイターー〉とおなじように、バッテリーのみで長時間、水中で活動でき、浮上してディーゼル機関二基を作動すれば、高速で水面をかすめるように航行できる。ダイビングベルからわずか一〇〇ヤードのところで待機していた。

テイトは、ポートランド号の高性能望遠カメラを使って、目印のブイを見張っていた。カブリーヨが名案を編み出す技倆《ぎりょう》を失っていないのは明らかだった。パラシュートで降下するのは賢いやりかただが、オーヴァーホルトを連れ出すことができなかったら、なんにもならない。ハッチが溶接されていることは、当然、予測していたはずだから、投下したケースには小型アセチレントーチか、鋼鉄のハッチをこじあける道具がはいっていたのかもしれない。

テイトは、ダイビングベルの外側にたくみに隠されたカメラの画像で、カブリーヨが潜降するのを見ていた。ブイにつながっているケーブルに、カブリーヨがなにかを取り付けるのが見えた。カメラの画像の送信を妨害する装置だろうと、テイトは推理した。案の定、数秒後にカブリーヨがダイビングベルの窓に向けて泳いでいくときに、内部と外部の動画が反復モードになった。そのあと、ダイビングベルに向けて潜航するカブリーヨの姿が見えた。オーヴァーホルトはダイビングベルのなかでじっと座っている。

「ダイビングベルに向けて進め」テイトは、〈ディシーヴァー〉の操縦手に命じた。「やつは迎えの潜水艇を用意しているにちがいない」

「アイ、司令官」

〈ディシーヴァー〉は、超小型魚雷を備えている。テイトは、カブリーヨとオーヴァーホルトが乗り込む前に、潜水艇を破壊し、救出を失敗させるつもりだった。

〈ディシーヴァー〉がダイビングベルとの距離を半分に詰める前に、ポートランド号から送られてくる画像を見て、テイトはびっくりした。カブリーヨはすでに浮上していた。しかも、オーヴァーホルトを両腕に抱えている。

「RHIBがブイに近づいているわ」ポートランド号のオプ・センターの持ち場にい

る、キャスリーン・バラードが、無線で報告した。「でも、だれも乗っていないみたい」

「遠隔操作されているにちがいない」テイトは答えた。「それで逃げるつもりだ」向きを変え、〈ディシーヴァー〉の操縦手に向かってどなった。「浮上して、やつらを阻止しろ！」

RHIBはぐんぐん近づいていたが、停止したあと、カブリーヨとオーヴァーホルトが乗り込むのに時間がかかる。〈ディシーヴァー〉がその前に到着して、RHIBを航行不能にし、ふたりを捕らえることができるはずだった。

〈ディシーヴァー〉が水面を割り、操縦手がディーゼル機関を始動した。すさまじい速度で前進しはじめた。

RHIBは、泳いでいるカブリーヨたちのほうへ高速で航走していて、速力を落とすようすがなかった。あの速度では、かなり離れたところを追い越してしまうはずだ。遠隔操作の故障か？　テイトはそう思うと同時に、その考えを打ち消した。カブリーヨがそんな過ちを犯すはずがない。

そのとき、RHIBが細いナイロンロープを曳いているのに気づいた。RHIBはブギボードを曳航している。

「もっと速く！」テイトはどなった。

距離が半分に縮まったとき、ＲＨＩＢが機関を停止した。カブリーヨは、すぐ横に飛んできたブギボードのロープをつかんで引き寄せた。パラシュートのハーネスの金具をブギボードにつなぎ、オーヴァーホルトを両腕で抱えて仰向けに乗った。ＲＨＩＢがまた機関全開で、カブリーヨが乗ったブギボードをひっぱり、波を切った。ＲＨＩＢが〈ディシーヴァー〉から遠ざかり、飛ぶように港を横切った。カブリーヨがパラシュート降下に使った水陸両用機が遠くから、水面に舞いおりようとしていた。

テイトはコクピットに跳び込んで、スロットルレバーをめいっぱい押し、操縦手に向かってわめいた。「やつらを逃がしたら、おまえの命はない」

エディーとリンクは、ダイビングベルのハッチの下に潜り込んで、溶接された箇所に長いプラスティック爆薬を押し付けた。ハッチがロックされるか、あかないように細工されるか、溶接されているかもしれないと予想していたので、それぞれの場合に対処する装備を持参していた。

リンクがプラスティック爆薬の取り付けを終えると、エディーはダイビングベルの窓へ行って、あらたな指示をホワイトボードで伝えた。

〝ハッチから離れて、目をふさいでください〟。

オーヴァーホルトがうなずき、両手をあげて顔を覆った。

起爆装置を持ったリンクが、ダイビングベルの横でエディーと落ち合った。起爆装置のコードは成形爆薬に差し込んである。

「用意はいいか？」エディーがきいた。

リンクがうなずいた。

「やれ」

リンクがボタンを押し、大きな鈍い音が水中を伝わり、ダイビングベルをゆらした。エディーが見ていると、吹き飛ばされたハッチから小さな煙が渦巻いて昇っていたが、内部は与圧されているので、水ははいってこなかった。

ダイビングベルの下へふたりが泳いでいくと、ハッチが海底に落ちているのが見えた。ダイビングベルの床に、ギザギザの穴があいていた。

エディーが、リンクからダイビングマスクを受け取り、開口部からなかにはいっていった。ダイビングベルのなかで浮上し、レギュレーターのマウスピースを口からはずした。

「オーヴァーホルトさん、時間がない。会長が抱いているのがダミーだと、テイトが気づいたら、これを爆破するでしょう」

「どうすればいいか、いってくれ」オーヴァーホルトが、マスクを受け取ってはめながらいった。

「経験があるはずですから、簡単でしょう。わたしのオクトパスを使ってください。リンクとわたしが、腕を持って誘導します。〈ノーマド〉にははいりません。ハッチの手摺をつかんで、できるだけ早く、ここから遠ざかります」

「わかった」オーヴァーホルトは落ち着いて、ジャケットを脱ぎ、ネクタイをはずした。疲れているようだったが、突然の救出にうろたえているふうはなかった。

ハッチの開口部は、人間がひとり通るのがやっとだったので、オーヴァーホルトがオクトパスのマウスピースをくわえるとすぐに、タンクに接続しているホースが届く範囲で、エディーが潜降した。オーヴァーホルトが足を水に入れて、跳びおりた。ズボンとシャツが空気をはらんで、膨らんだ。

ダイビングベルから出ると、エディーはきいた。「だいじょうぶですか？」

オーヴァーホルトのマスクは、エディーのマスクとはちがって、フルフェイスではなかったので、うなずき、ハンドサインでＯＫだと示すことしかできなかった。

エディーがオーヴァーホルトの左腕をつかみ、リンクが右腕をつかんで、ふたりとも必死でキックし、待っている〈ノーマド〉を目指した。

「エリック、そっちに向かっている」通信システムを使って、エディーはいった。

「三人ともしっかりつかまったら、最大速力を出すよ」エリックが答えた。

これからが任務の危険なところだと、エディーにはわかっていた。〈ノーマド〉はそんなに速くない。カブリーヨがテイトをひきとめて、ダイビングベルが爆発する前に遠ざかれるように、時間を稼いでくれるのを願うしかなかった。

〈ディシーヴァー〉の甲板から放たれるアサルト・ライフルの銃弾を避けるために、RHIBはジグザグに航走していた。

「カブリーヨとオーヴァーホルトは撃つな！」テイトが、射撃している数人にどなった。

射撃はいっこうに当たらず、RHIBは着水しようとしている水陸両用機に近づきつつあった。

テイトは我慢できなくなった。そこが南米でもっとも往来の激しい港で、真昼間であることも、意に介さなかった。武器ラックからRPGを取り、〈ディシーヴァー〉

の甲板に出た。

RHIBに狙いをつけ、発射した。ロケット推進式の擲弾《てきだん》が水面を渡り、RHIBのどまんなかに命中した。船体がまっぷたつになり、それが曳いていたブギボードが水の抵抗にあって停止した。

水陸両用機のパイロットは、そのすさまじい破壊を目のあたりにして、急上昇し、機体を傾けて、〈ディシーヴァー〉から遠ざかった。

カブリーヨとオーヴァーホルトは、どこへ行くこともできず、水面にぷかぷか浮かんでいた。

テイトは、RPGを海に投げ捨て、〈ディシーヴァー〉がカブリーヨたちに近づいた。乗組員が、ふたりを甲板に引きあげた。

カブリーヨは立ちあがり、海水を吐き出した。「また会えてうれしいとはいいかねるな、テイト」

「こういう結末になると、予想しておくべきだったな」テイトが、笑みを浮かべていった。

「予想していたよ」カブリーヨは、にやにや笑いながら答えた。

奇妙な反応を見て、テイトは眉をひそめ、オーヴァーホルトを見おろした。うつぶせになったままだった。

「どうしたんだ、この男は?」テイトがきいた。「助け出すときに死なせてしまったのか」

「ちがうね。最初から生きていなかった」

テイトが、しげしげと見て、手足がどこかおかしいことに気づいた。片腕を引いて裏返すと、CIA幹部のオーヴァーホルトとおなじスーツを着て、髪形もおなじにしてあるダミーだとわかった。

「フン!」テイトは、ダミーを〈ディシーヴァー〉の甲板から蹴落とし、薄笑いをカブリーヨに向けて、部下に命じた。「こいつをなかにつれていけ」

テイトが先にハッチから艇内にはいり、ダイビングベルから送られてくる映像を見た。もう反復モードで再生されてはいなかった。内部に薄い煙が立ち昇り、ほんもののオーヴァーホルトが両手を下げて、開口部から浮上してくるダイバーを見おろしていた。

カブリーヨは、テイトの横におりてきて、四人に銃を突き付けられた。動画を見て、カブリーヨは首をふった。

「ああ、そっちにいたか」カブリーヨは、腹を立てたふりをしていった。「こっちのご老体は、どこかようすがおかしいと思っていた」

ハッチが閉じると、テイトがいった。「潜航してポートランド号にひきかえせ」

テイトがモニターに目を戻すと、オーヴァーホルトがダイビングマスクをつけていた。テイトは、ダイビングベルに取り付けた爆薬の起爆装置ボタンのカバーをめくった。

そして、ボタンに指を置き、カブリーヨのほうを見た。ボタンを押したときの、カブリーヨの表情が見たかったからだ。

「おまえはいま友人を殺した」

エディーとリンクは、オーヴァーホルトの体をしっかりとつかんで、〈ノーマド〉の船体にしがみついていた。〈ノーマド〉は八ノットで悠然とダイビングベルから遠ざかっていた。いま流れている動画は、一分遅れだが、そのごまかしがいつまで護ってくれるのか、エディーにはわからなかった。

一秒後に答がわかった。

爆発がダイビングベルを引き裂き、圧力と騒音の衝撃波がエディーたちを叩きのめした。〈ノーマド〉が衝撃を受けて大きく揺れ、エディーとリンクの手が手摺から離れた。

オーヴァーホルトも離れてしまった。

エディーの体がしばし横転して、マスクが顔からはずれた。衝撃波が収まると、エディーは体を安定させ、まわりに手をのばして、マスクにつながっているホースを見つけた。慣れた手つきで、マスクをかけ直し、レギュレーターのマウスピースからエアを吸いながら、鼻から息を吐き出して、マスク内の水をクリアした。オクトパスが目の前でぶらさがり、穴があいて泡が出ていた。オーヴァーホルトにそれを使わせることができなくなった。

エディーは、手首につないであったフラッシュライトをつけて、周囲を照らし、渦巻く泥のなかでリンクがマスクをつけているのを見つけた。呼吸できるようになると、リンクがＯＫのハンドシグナルを出した。そこで、ふたりともオーヴァーホルトと離れているとわかった。

ふたりは躍起になって海底を捜したが、見つからなかった。〈ノーマド〉が向きを変えて、強力なライトで薄暗がりを照らしたときに、近くでオーヴァーホルトが身動きせずに浮遊しているのが見えた。マスクが曲がっている。

エディーは、オーヴァーホルトの両腕をつかみ、〈ノーマド〉のハッチがあいているエアロックにひっぱっていった。ふたりしかはいれないので、リンクが残ってハッチを閉め、表で待った。エディーはオーヴァーホルトを抱えて、エアロックが排水されるのを待った。オーヴァーホルトが意識を失っているだけなのか、それとも死んだのか、エディーにはわからなかった。

エアロック内の水がなくなると、エディーは艇内に通じるドアをあけ、オーヴァーホルトを床に横たえた。

「たいへんだ」とエリックがいい、内側のドアを閉めてから、リンクがはいれるようにエアロックに注水した。

エディーは、オーヴァーホルトの体を仰向けにして、喉の水を出してから、脈を診た。脈はなかった。力を入れすぎて、年配のオーヴァーホルトの肋骨《ろっこつ》を折らないように気をつけながら、胸を圧《お》しはじめた。

三十数えてから、また脈を診た。まだ脈はなかった。

エディーは、気道を確保するためにオーヴァーホルトの顔をそらし、すばやく二度、口移しの人工呼吸をした。それからまた心肺蘇生術《CPR》をやった。

胸を五度圧したあとで、オーヴァーホルトが咳をした。痙攣《けいれん》して、口から海水を吐いた。

エディーがオーヴァーホルトをうつぶせにすると、肺からさらに海水が出てきた。オーヴァーホルトが身ぶるいして、息を吸おうともがき、ようやく荒い呼吸が戻ってきた。

エアロックがふたたび排水され、リンクがはいってきたとき、エディーはオーヴァーホルトの上半身を起こしていた。リンクがほっとして溜息をつき、エディーの肩を叩いた。

「どうなることかと思いましたよ、オーヴァーホルトさん」エディーはいった。

オーヴァーホルトが、また咳き込んだ。「うまくいくと、ずっと信じていたよ……ファンはどこだ？」

エディーがエリックのほうを見ると、エリックがいった。「タイニーが飛行機から連絡してきた。会長が潜水艇に乗せられるのを見たそうだ。潜水艇はどこかへいなくなった」

「では、テイトに捕まったんだな」オーヴァーホルトが、首をふりながらいった。

「ファンは、自分の身とわたしを交換したんだ」

「狙いどおりにね」リンクがいった。

オーヴァーホルトは、合点《がてん》がいかない顔で三人を見た。「つまり、ずっとそれがフアンの計画だったというのか？　みずから望んで捕らえられたのか？」

エディーはうなずいた。「テイトを騙すために、救出がたくみに行なわれているように見せかけなければならなかったんです。そして、オーヴァーホルトさんが〝死ぬ〟。なにもかも、会長が思い描いたとおりになりました。計画のあとの部分もうまくいくように願っています」

28

カブリーヨは、テイトが〈欺瞞者《ディシーヴァー》〉と名付けた潜水艇からおりて、オレゴン号のムーンプールをそっくりそのまま模倣《もほう》したように見えるところに出た。ちがいは、ガントリーの架台に載った〈ノーマド〉がないことだけだった。上の狭い歩路に、口をぽかんとあけて見物している乗組員が鈴なりになっていた。

テイトがムーンプールの横の甲板にカブリーヨを連れていくと、すべての作業が停止し、全員の視線がそこに集中した。

「あの連中は、船長という生き物を生まれてはじめて見るのか」カブリーヨはいった。

「ここにいるものはすべて、おまえを捕らえるのに個人的な利害関係があるんだよ」

テイトはそういってから、勝ち誇って左右の拳を突きあげ、乗組員たちに向かってどなった。「この日が来ると、わたしは約束し、実現した！　われわれはこの男を捕らえた！」

ワールドカップの優勝を決めたゴールを目の当《ま》たりにしたかのように、集まっていた乗組員から盛大な歓声が湧き起こった。拍手とはやし立てる声が、丸一分つづいた。

「熱烈な歓迎だな。しかし、個人的な利害関係とはなんだ？」

「おまえはなんらかの形で、彼らすべての人生を悲惨にした。家族を殺し、ビジネスを崩壊させ、船を沈め、母国を追われるように仕向けた」

「つまり、ひとり残らず犯罪者だな」カブリーヨはいった。「あんたとおなじだ」

「おまえの行動によってそうなっただけだ。彼らの多くは、革命を成就する前に捕らえられた自由戦士だと自負している。あるいは、わたしのように、正しいことをやっていたが、やりかたをおまえたちが気に入らなかったのだと思っている。彼らを集めるには長い年月がかかったが、みんなこの任務を実行する強い動機がある」

「では、あんたとおなじように思いちがいをしているんだな。どうしてわたしを殺して、それで終わりにしないんだ？　それがあんたの望んでいることではないのか？」

「おまえはずる賢いから、そんなことを信じているわけがない」テイトがいった。

「やろうと思えばとっくにできた」

「では、なにを望んでいる？」

「おまえがわたしを苦しめたのとおなじやりかたで、おまえを苦しめる」テイトは両腕をあげて、周囲の全員に向けていった。「おまえがわたしたちを苦しめたのと、おなじやりかたで苦しめる」

カブリーヨはひとつ息を吸ってから考えた。「拷問に拷問で応じるのは、あんたの流儀ではない。道徳心のないあんたのような男ですら」

「そのとおりだ。拷問は短いあいだ満足できるが、わたしはおまえが失敗を死ぬまで抱え込んで生きるようにしたい。おまえはオーヴァーホルトを助けられたのに、助けられなかった。おまえのCIAとアメリカ政府での評判は地に落ちる。あとはなにが残されている?」

テイトが、効果を強めるために間を置いた。なにをいいたいのか、カブリーヨは察した。

カブリーヨはテイトに跳びかかろうとしたが、ふたりの男に押さえ込まれた。「オレゴン号か? なにをやった?」

「なにもやっていない……いまはまだ。来い」

テイトのあとからカブリーヨが出口に押し込まれるとき、野次《やじ》や悪態を浴びせられた。通路を何度も曲がって進むとき、どこへ行くのか、カブリーヨにははっきりとわかっていた。オレゴン号の船内とまったくおなじレイアウトだった。ちがいは、通路の壁に美術品が飾られていないことだけだった。

「あんたは独創的なところがまったくないぞ、テイト。なにもかもがわたしの真似じゃないかな」

テイトが、肩をすくめた。「敬意を表するオマージュだと思っている。それに、すばらしい思いつきは捨てがたい。わかっているだろうが、わたしは盗むのをいとわない」

一行はオプ・センターにはいった。カブリーヨはさらに激しい既視感《デジャヴ》に襲われた。思わず指揮官席に座りたくなったが、そこはテイトに占領された。

「おまえにとって、もっとも恐ろしい悪夢はなんだ、ファン？」テイトが、さりげなくきいた。「乗組員の死か？　おまえの船の沈没か？」

カブリーヨは、口を閉ざしていた。ポートランド号がブエノスアイレスにいるいま、テイトにオレゴン号を危険にさらす手段があるとは思えなかった。

「それもおまえにとって、かなりつらいだろう」テイトがつづけた。「しかし、おまえが愛するスパイ船をわたしが乗っ取るほうが、最悪じゃないだろうか？」

カブリーヨは、馬鹿にするように笑ったが、嫌な話になりそうだと思った。「なにを寝ぼけたことをいっているんだ？」

「オレゴン号を行かせたのは、〈カンザス・シティ〉を見つけさせるためだと思っているのか?」

「もちろん、そうは思っていない」しかし、危険は承知で、テイトに教えられた座標に行くしかなかった。

「おまえの死せる友オーヴァーホルトにもいったが、わたしの目的のためには、アルゴドアウ島ではなく、もっと近いところにしなければならなかった。わかりやすいもので誘い込む必要があった。それがうまくいった」

テイトがひとりの女にうなずいてみせると、メインスクリーンにオレゴン号が映った。水平線と鮮やかな青空に囲まれている。ほかに船は見えず、その画像はかなり離れたところから撮影されているようだった。

「あんたがなにで攻撃しようが、オレゴン号は迎え撃つ準備ができている」カブリーヨはいった。

テイトが、口をゆがめて笑った。「リオでも、そう思っていたか?」

カブリーヨは、怒りをたぎらせた。「あんたの仕業《しわざ》だとわかっていた」

「この一件は、最初からわたしが立案したものだ。ここにいるCIA局員のバラードが、工作員の名前をリークする役目を果たした。オーヴァーホルトがおまえに依頼して、工作員を隠密抽出するにちがいないと、わたしは読んでいた」

テイトのひとりよがりに、カブリーヨは激しい嫌悪をおぼえた。

「どうやって、ああいうことを引き起こしたんだ？」カブリーヨは、語気鋭くきいた。

「すべてを明かすわけにはいかない。百年のあいだ失われていた兵器に関係があるとだけ、いっておこう。当然ながら、微調整は行なったが、原理は最初に開発されたときと、ほとんど変わっていない」

「われわれの潜水艇に対しては有効だったかもしれないが、それがなんであるにせよ、オレゴン号のような大型船には効き目がないだろう」

「いや、そんなことはない。〈カンザス・シティ〉のことを思い出せ。いったいどうして沈没したんだろうね？」

カブリーヨは、愕然とした。「あんたは、やれることを実証するだけのために、アメリカの原潜を沈没させたのか？」

「理由はほかにもある」テイトがいった。「だが、オレゴン号を沈没させるつもりはない。ポートランド号のような船がもう一隻あったら、わたしにどんなことができるか、想像してみろ。オレゴン号はユージーン号に改名しようかと思っている（ユージーンはオレゴン州の都市）」

テイトがオレゴン号を指揮するどころか、船内に足を踏み入れることを考えただけで、カブリーヨは吐き気を催した。

「乗組員は、あんたにオレゴン号を乗っ取られるよりは、死を選ぶだろう」

テイトが笑みを浮かべて、カブリーヨを指差した。「まさにそうなる。わたしのヘリコプターがおまえの船の甲板に着船したときには、まだ死んでいない乗組員が何人か残っているだろうが、強襲チームが手っ取り早く片付けるはずだ。そのあと、どうなると思う？」

テイトがうなずくと、護衛数人がカブリーヨを椅子に座らせた。テレビ電話のやりとりのときに、オーヴァーホルトが座っていた椅子だった。

「一部始終を見物してもらう」テイトが語を継いだ。「強襲チームがおまえの船を乗っ取るのをリアルタイムで見られるように、チームは〈ゴープロ〉カメラ付きヘルメットをかぶっている。じつに楽しいと思うね」

カブリーヨはテイトに冷笑を向けたが、黙っていた。テイトはカブリーヨのオーヴァーホルトを救出する能力を見くびっていたが、カブリーヨもＣＩＡの元同僚のテイトの能力を見くびっていたようだった。オレゴン号の乗組員がその代償を払うことになり、カブリーヨはその生映像を見なければならなくなった。それがテイトの考えた拷問なのだ。

大げさな仕草で、テイトがアームレストのボタンを押した。

「はい、司令官」スピーカーから声が聞こえた。

「位置についたか？」

「はい、司令官。眩惑装置の用意はできています。ヘリコプターも待機しています」

「よし」テイトが、さも満足げにカブリーヨをちらりと見た。「乗っ取り作戦を開始しろ」

29

モンテビデオの南東

リンダは、これから行なわれるダイビングに〈ゲイター〉を準備する作業をせっせと進めていたが、ひとの声はくぐもって聞き取れなかった。何日かたてば聴覚がある程度回復するかもしれないと、ジュリア・ハックスリーにいわれたが、永久に正常には戻らないのではないかと、リンダは心配していた。当面、体調がどうあろうと役に立つことを示したいと思った。〈コーポレーション〉の経営陣として、何日か書類仕事をやったのだが、死ぬほど退屈した。

リンダはマーフィーに頼んで、音声をテキストに変換するアプリを作ってもらい、旧式のグーグル・グラス・ヘッドセットとそれを結合した。そのヘッドセットをかけていると、オタクになったような気がするが、いまでは相手のいうことを、小さなレンズに投影された言葉で理解できる。周囲の雑音が邪魔になるし、何人もが同時に話をすると理解するのが難しい。メールの文を携帯電話で口述筆記すると、変換が最悪になるが、リンダの使用目的にはじゅうぶん間に合った。原潜捜索のために発進する前に、〈ゲイター〉のコクピット機能のチェックリストを手伝うことができる。

リンダの座席から、ムーンプールで装備を点検している技術者たちと、ダイビング器材の最終点検をやっているマクドがよく見えた。レイヴンは潜水艇のリンダのうしろのメインキャビンで、タブレットコンピューターを使い、項目を読みあげていた。

油圧す彼女《オイル・プレス・ハー》は？　グーグル・グラスに表示された。

「滑油圧《オイル・プレッシャー》正常」リンダは答えた。潜水艇を操縦したかったが、マーク・マーフィーがまもなくオプ・センターからおりてきて、リンダの席に座り、潜航を開始する予定だった。

バター・パウダーは？

「バッテリー・パワー一〇〇パーセント、美味《おい》しい」

え？

リンダは、まごついているレイヴンの顔を見て、笑みを浮かべた。「この装置の音声認識ソフトウェアは旧式なのよ」

それってわたしがなんていったと？

「バター粉末《バター・パウダー》」

レイヴンがタブレットを見おろして、ぽかんとした顔になった。

ちがう。それまち曲がってない。

リンダは笑い、計器に目を戻した。

間があいた。ちょっと間が空きすぎたので、リンダはいった。「つぎの項目を頼むわ」

やつらここにいる。ブンブンうなってる。

「それじゃわからないわよ」リンダはいった。「もう一度いって」正しく読みあげられるのを待つあいだに、リンダはウィンドウの外に目を向け、だれもが動くのをやめているのを見て、怪訝に思った。ヘッドセットが拾っていない船内放送を聞いているのかと思ったが、マクドが急にしゃがんで、スクーバのエアタンクを取り、頭の上に持ちあげるのが見えた。

「なにをやってるの？」リンダは、つぶやいた。

マクドが恐怖に襲われているように目を剝き、ムーンプールの海中を覗いた。マクドが口をすぼめてわめいたが、なにをいっているのか、リンダには聞こえなかった。

マクドがのけぞってタンクをムーンプールに投げ込んだ。まるで深海から浮上してくるなにかを殺そうとしているようだったが、キールドアをまだあけていないので、それはありえなかった。

だだっぴろいムーンプールにいた技術者たちも、おなじように正気を失い、でために走りまわったり、喧嘩《けんか》をしたり、自分を傷つけたりしていた。

リンダはようやく、目の前でなにが起きているかに気づいた。またあれが起きている。リオで〈ゲイター〉に乗っていた三人を襲ったのとおなじ現象だ。

今回、リンダには影響がないようだった。潜水艇のなかにいるおかげかもしれない。

うしろを見て、そうではないとわかった。

レイヴンが、タブレットコンピューターを落として、キャビンの艇尾寄りで、潜水艇の非常用救命筏《いかだ》のケースをこじあけようとしていた。なにか口走っている。

わたしたちは志積む。やつらに沈められる。

リンダは叫んで、座席から跳び出し、レイヴンを制止しようとした。だが、中央にあるハッチの梯子まで行ったときに、レイヴンが膨張式筏の紐を引いた。

二酸化炭素蓄圧ボンベが、救命筏を膨らませはじめた。すぐにふたりとも動きがとれなくなる。リンダは梯子を駆けあがり、ハッチから首を出したときに、救命筏に足を押しあげられた。

リンダは〈ゲイター〉の甲板に転げ落ち、ムーンプールが大混乱に陥っているのを見た。マクドが、スクーバの機材を使い果たして、いまではまわりにあるものを手あたりしだい、ムーンプールに投げ込んでいた。

自分がおなじ状態だったときには、ひとつのことしか考えられず、正気を失っていたことを、リンダは思い出した。説得しようとしても無駄だ。乗組員がすべてこんなふうだとすると、殺し合ったり、オレゴン号を危険にさらしたりするのは、時間の問題だ。

この混乱を収拾できる場所は、オプ・センターしかない。ムーンプールから駆けだしながら、これを引き起こしているのがなんであるにせよ、船内で影響を受けていない人間は自分ひとりかもしれないと、リンダは悟った。

だが、前には影響を受けた。どうしていまはだいじょうぶなのか？

ヒステリーを起こしているジュリア・ハックスリーとすれちがった。いつも落ち着いているジュリアらしくない言動を見て、リンダはよけい恐ろしくなった。ジュリアがなにかを叫んでいて、グーグル・グラスがそれをテキストに変換した。〝わたしたちは飛ぶ〟。リンダは突然、合点がいった。

自分は耳が聞こえない。このパニックはすべて、ある種の音波が引き起こしたにちがいない。

乗組員が自滅するのを防ぐとともに、オレゴン号を音源から遠ざけなければならない。

消火部門のそばを通ったときに、名案を思いつき、キャビネットからフィルター付きの防毒マスクを取った。走りながら、それを付けた。

オプ・センターに着くと、持ち場にいたのはふたりだけだった。マーフィーが兵装コンソールにかがみ込んで、キーボードをがむしゃらに叩きながら、ひとりごとをいっている。マックスは指揮官席でメインスクリーンを指差し、世界一恐ろしいホラー映画でも見ているように、金切り声で叫んでいた。水平線のほかには、なにも見えない。

グーグル・グラスが、ふたりのでたらめな言葉を変換したが、意味をなしていなかった。

〝やつらが見える！〟

〝おれたちはやられない〟

〝おれたちみんなを呑み込む！〟

〝食べ物がなにも残ってない〟

リンダは、ふたりを相手にしなかった。侵入者対策の制御画面を呼び出すために、近くのコンソールへ行った。

目当てのものが見つかる前に、重い響きが座席を震動させた。目をあげると、スクリーンに閃光が見えて、つづいて煙が尾を曳いた。

なにが起きているのか、リンダは即座に気づいた。ミサイル発射の震動。マーフィーがエグゾセ対艦ミサイルを発射したのだ。

ミサイルはまっすぐ南に向かっていた。リンダはレーダーを見て、べつの船に向けて飛んでいるのだと思った。

八海里離れたところで、エグゾセが空に向けて上昇するのを見て、ファルークとリーは、ぱっと立ちあがった。

「やつらは自滅すると、あんたはいったぞ！」リーが、ファルークに向けてどなった。

「おれたちを襲うなんて、話がちがう」

ファルークは、信じられないというように首をふった。「さっぱりわからない！」

防御兵器システムを作動するには複雑な手順を必要とする。そういう能力を失わない人間がいるとは、想像もしていなかった。「おれたちがターゲットだと、どうしてわかるんだ？」

「どうしよう？」リーが叫んだ。

エグゾセ対艦ミサイルは、チャーターした遊漁船に六一五ノットで接近する。機関を始動して回避機動を行なう時間はない。

「泳げ！」ファルークは叫んだ。

ふたりとも船縁《ふなべり》から海に跳び込んで、必死で泳いだ。

彼らが遊漁船から一〇ヤード離れたところで、ミサイルが到達した。

そして、そのまま飛びつづけた。

ミサイルがすさまじい速度で頭上を通過するのを、ファルークとリーは茫然と見送った。

「はずれた！」リーが歓声をあげた。「でも、どうして？」

ふたりで立ち泳ぎしながら、運がよかっただけかもしれないと、ファルークは思った。発射した人間は、やはり正気ではなかったのだ。

そういおうとしたとき、エグゾセが針路を変えるのが見えた。急旋回し、一八〇度の方向転換を行なった。

「五百ドル、借りができたみたいだ」ファルークはいった。

リーが、わけがわからないという顔で、ファルークを見た。すぐに思い出した。

「おれたちの賭けか？」

煙の尾が偽装貨物船にひきかえしていくのを見ながら、ファルークはうなずいた。

「ミサイルはおれたちの船をはずしたんじゃない。ターゲットはオレゴン号だ」

30

エグゾセ対艦ミサイルが弾着してオレゴン号に致命的な損害をあたえるのを防ぐのに、リンダに残された時間は、二十秒だった。リンダはマーフィーを押しのけて、床に押し倒し、ミサイルを自爆させるために兵装コンソールを占領した。

任務中止ボタンを押したが、なにも起こらなかった。ミサイルは飛びつづけていた。マーフィーが自爆機能をロックしたにちがいない。

残された方法はただひとつ。撃ち落とすしかない。リンダは左舷ガットリング機関砲を選択し、自動照準を設定した。

それ以上の操作は必要なかった。オレゴン号の舷側で鋼板がスライドし、六銃身の機関砲が現われた。内蔵のレーダーが、飛来するエグゾセにロックオンし、砲身が回転した。

ガットリング機関砲が射撃を開始し、震動が船体を伝わってきた。毎秒三千発の発射速度で撃ち出されるタングステン製の曳光弾がミサイルに命中し、ミサイルの弾頭を貫いて、バラバラに吹っ飛ばす光景が、メインスクリーンに映し出された。

急を要する危険が消滅すると、リンダはべつのワークステーションへ行って、侵入者対策の制御画面を呼び出した。

オレゴン号には、敵が乗り込んできた場合に対処する機構が、いくつか備わっている。防御の第一陣は、自動化された三〇口径機関銃で、甲板に乱雑に置かれたように見えるドラム缶に隠されている。機関銃はドラム缶から上に出てきて、船内に侵入しようとする武装した敵を薙《な》ぎ倒す。

だが、敵が船内に侵入し、人質をとったときには、空調システムで船内のどの区画にも麻酔ガスを送り込むことができる。だれであろうと、それによって気を失う。その反面、麻酔ガスの効果は予想しづらく、濃度が高いと命にかかわるおそれがある。だが、無色無臭の麻酔ガスを吸うと、〈ベイリウム〉を何錠も服用したときとおなじように、体を動かすエネルギーと能力を失う。

リンダは、特定の区画を狙って麻酔ガスを散布するつもりはなかった。船内のすべての場所に送り込もうとしていた。

コマンドを打ち込んでいると、マーフィーが兵装コンソールにじりじりと戻りかけているのが見えた。またミサイルを発射しようとしている。

リンダは走っていって、マーフィーの下腹を蹴った。リンダは小柄だが、パンチ力がある。痩せたコンピューター天才のマーフィーは仰向けに倒れた。だが、すぐに回復するとわかっていたので、リンダは近くのノートパソコンのコードを抜いて、固定されている操舵席の基部にマーフィーの手首を縛り付けた。

くだんのコンソールに駆け戻り、麻酔ガス散布装置のスイッチを入れた。効果がある濃度になるまで、一分かかるはずなので、マーフィーを見張っていなければならない。マーフィーはコードを噛《か》み切ろうとしていたが、切れるはずはなかった。

これでもう安全だと思ったとき、オレゴン号が発射したミサイルがメインスクリーンに映ったので、リンダは愕然として見つめた。

勘違いをしていたと気づいたリンダが、指揮官席を見ると、マックスがアームレストの制御装置をがむしゃらに叩いていた。兵装も含めて、オレゴン号の主要機能の多くは、指揮官席から操作できる。

一基目のミサイルを発射したのは、マーフィーではなくマックスだったのだ。

二基目のエグゾセもおなじ針路をとり、高速で離れていってから旋回し、オレゴン号に向けて最終接近を開始した。

リンダは、兵装コンソールに走っていって、ガットリング機関砲をふたたび作動しようとしたが、うしろから体当たりされた。体をまわすと、マックスが両脚にしがみついて、わけのわからないことを口走っていた。防毒マスクの下のグーグル・グラスが、それをテキストに変換した。

〝食う人間が残っていない。温めるものがない〟

マックスの言葉を聞いて、〈ゲイター〉で感じたパニックがリンダの脳裏によみがえった。何者かが乗組員を食おうとしているし、食べられるものを残したくないと、マックスは思っている。マックスの思考プロセスは常軌を逸しているようだが、本人にとっては論理的なのだ。リンダの動きを封じて、存在しない怪物に乗組員をひとり残らず食われるのを防ごうとしているつもりなのだ。

リンダはスクリーンをちらりと見た。ミサイルが最終旋回を終え、すさまじい速度でひきかえしてくる。阻止しなかったら、ミサイルはオレゴン号の装甲を突き破り、弾薬庫で爆発して、船体をまっぷたつにするだろう。

リンダは蹴って離れようとしたが、マックスは齢の割に力があり、体重もリンダの倍だった。マックスがリンダを引き寄せ、マスクを叩いた。マスクが斜めにずれた。前が見えなくなったので、リンダはマスクとグーグル・グラスをはずし、大きく息を吸った。片方の脚をふりほどき、マックスの顔を蹴った。ヒールが鼻に激突して、血が噴き出したが、マックスはもういっぽうのブーツを離そうとしなかった。リンダはついに息を吸わなければならなくなり、たちまち麻酔ガスが体内にはいるときの刺激を感じた。体が小さいので、マックスよりも早く効果が出るはずだった。

ミサイル弾着まで、数十秒しかなかった。リンダが足を曲げると、ブーツが脱げた。マックスが仰向けに倒れ、リンダは兵装パネルに跳びついた。

〝ガットリング機関砲〟ボタンを思い切り押すと、機関砲が自動射撃を開始し、船体までほんの数メートルに迫っていたエグゾセを破壊した。衝撃でオレゴン号が揺れるのが感じられた。

リンダは、麻酔ガスのために朦朧としていた。床に倒れ、手探りで落ちた防毒マスクをつかんだ。最後の力をふり絞り、マスクをかけた。

深く息を吸うと、頭がはっきりしてきた。常態に戻ったとき、マックスとマーフィーが倒れているのが見えた。意識はあるが、五杯目のウォトカを飲んで、へべれけに酔っているような感じだった。

リンダはなんとか立ちあがり、よろめきながら指揮官席へ行った。アームレストの制御装置を使って、針路を真西に定め、機関を全開にした。オレゴン号が勢いよく加速した。

危険地帯から脱するには、どれくらい遠ざかればいいのだろうと思った。五〇海里離れればだいじょうぶだろうと判断したが、念のためもう一度ガスを散布する構えをとった。

安全なところへ行ったら、最優先すべきことがふたつあると、リンダにはわかっていた。まず、会長も含めた乗組員の総力を結集しなければならない。つぎに、なんらかの方法を編み出し——どんな方法でもいいから——オレゴン号を破壊しそうになった危険極まりない音響兵器を打ち負かす。

31

ブエノスアイレス

オレゴン号がとてつもない速度で水平線へ遠ざかるのを見て、カブリーヨは笑みを浮かべた。「あんたの予想どおりには進まなかったようだな」信じられないという顔で、ポートランド号のオプ・センターのスクリーンを見ているテイトに向けて、カブリーヨはいった。

「ファルークを呼び出せ！」テイトがわめいた。「なにが起きたのか、知りたい」

一分たっても応答がなかったので、ドローンのカメラからの画像が、小さな遊漁船に取り付けたカメラの画像に切り替えられた。ひとりは中東人、もうひとりはアジア人の男が、ずぶ濡れで甲板に立ち、足もとに水たまりができているのが見えた。

「やつらは逃げました」中東人がいった。エジプト方言だと、カブリーヨにはわかった。ファルークという男にちがいない。

「逃げたのはわかっている。馬鹿！」テイトが、甲高い声でどなった。「どうやって逃げた？」

アジア人が肩をすくめた。ファルークが首をふって答えた。「わかりません。音響眩惑装置は機能していました」

「ヘリコプターはどうした？」

「ひきかえすよう指示しました」アジア人がいった。

「ああ、それは褒めてやろう、リー」テイトがゆっくりといい、拍手した。「ヘリを理由もなく飛ばしつづけなかったのは、賢明だった。ふたりとも、できるだけ早くこっちに戻ってこい。音響眩惑装置はわたしが点検する」

テイトは、自分の喉を切る仕草をした。通信を切れという万国共通のハンドシグナルだ。怯えた表情のファルークとリーが、スクリーンから消えた。

「明るい面に目を向けよう」カブリーヨはいった。「オレゴン号がまだあるから、もう一度乗っ取ろうとすることができる」

テイトが、カブリーヨにすたすたと近づいて、上から睨みつけた。

「楽しんでもらえてさいわいだ。なぜなら、おまえはもう二度と楽しめなくなる」

カブリーヨは嘲笑《ちょうしょう》を浮かべた。「それはどうかな。あんたが作戦をしくじるのを、もう一度見せてもらえるだろう？」

「おまえはそんなに長居できない」テイトが、キャスリーン・バラードを呼び寄せた。「どこへ行かされるんだ？」

テイトは答えなかった。バラードが携帯スキャナーを持って近づいた。

「見つけて、取り出せ」テイトがいった。

バラードがうなずき、カブリーヨの頭から下に向けて、スキャナーを動かしていった。最初は無音だったが、左太腿に達すると、ブザーが鳴りはじめた。

「ここよ」といって、バラードが飛び出しナイフをパチリとひらいた。

「気をつけてくれ」カブリーヨはいった。「このウェットスーツは気に入っているんだ」

「この男、いつもこんなふうなの？」ウェットスーツを切り裂きながら、バラードがテイトにきいた。

「信じられないかもしれないが」テイトが答えた。「もっとひどいこともある。こいつは、どんな状況でも、ジョークで切り抜けられると思っているんだ。だが、今回はそうはいかないぞ、友よ」

バラードが、カブリーヨの大腿四頭筋《だいたいしとうきん》を触診し、目当てのものを探り当てた。ナイフが脚に食い込んだとき、テイトを満悦させないように、カブリーヨは苦痛をこらえて平然としていた。

バラードが小さな円盤を取り出して、テイトに渡した。テイトはハンカチでそれを受け取り、円盤を拭いて、目の前に持ちあげて調べた。

「この追跡装置で、おまえの乗組員に見つけてもらおうと思っていたんだな」テイトがふたたびうれしそうな顔をした。

「狂気に侵されている人間が相手だから、それが賢明だと思った」

「それで気が晴れるのか？　わたしたちが狂気に侵されていると思うことで？」

「だって、あんたは普通じゃないだろう？」

「正義の鉄槌《てっつい》を下すこと、おまえにひどい仕打ちをされた人間の復讐をすることが、狂気といえるのか？　おまえとおなじように傭兵の仕事をやっているわれわれが、狂気に侵されているといえるのか？」

カブリーヨは、嫌悪もあらわに首をふった。「われわれは、金のために船を沈めて、なんの罪もないひとびとを殺すようなことはやらない」

「わたしの訊問のやりかたにびくついて、モスクワのテロ攻撃でなんの罪もないひとびとが数百人殺されてもかまわないと思ったくせに」

「あんたはあの男の家族を、子供も含めて皆殺しにしようとした」

テイトが、手をふってカブリーヨの言葉を斥《しりぞ》けた。「テロリストを支援していたのだから、当然の報いだった」

テイトと議論しても甲斐《かい》はないと、カブリーヨは思った。「長居できないといったな。わたしはどこへ行く？　海に投げ捨てられるのか？」

テイトが、にやりと笑った。「これが終わるころには、そのほうが楽だったと思うだろう」バラードに、追跡装置を無傷のまま渡した。「これを国際空港へもっていって、だれかの荷物に隠せ」

バラードがうなずいた。「この男の部下は、べつの大陸で捜しまわるはめになる」

「それで、わたしはどこへ行かされるんだ？」カブリーヨはきいた。

「だいぶ前のことだが」テイトがいった。「おまえは南極大陸の中国‐アルゼンチン合同基地を破壊した。そのプロジェクトを担当したアルゼンチン軍士官が、おまえの攻撃後も何人か生き延びたが、降格されるか、除隊させられるか、軍の内部でのけ者扱いされてきた。おまえに軍歴を損なわれたことを、彼らは快く思っていない」

嫌な方向に話が進んでいると、カブリーヨは思った。

「その士官たちが、おまえを叩き潰す機会がふたたび巡ってきたと知って」テイトがつづけた。「乗り気になり、わたしのブエノスアイレスでの作戦に手を貸してくれた。見返りにおまえを引き渡すと、わたしは約束した」

ポートランド号のオプ・センターにいた全員が、いまではにやにや笑っていた。

「ここにわたしを閉じ込めて、拷問したくはないのか？」

テイトが首をふった。「アルゼンチンの荒々しい軍には、ラスアルマスに秘密刑務所があって、正規陸軍が運営している。そこに入れられたら、カルカッタのブラックホール（十八世紀に英軍捕虜が閉じ込められた、劣悪な環境の地下牢）がリッツ・カールトンに思えるという。おまえはそこで、すばらしい同房囚たちと、死ぬまで悲惨な毎日を送ることになる」

「それでは、オレゴン号をあんたが乗っ取ったときに、わたしに自慢できないだろう」

テイトが、芝居がかった仕草で、カブリーヨの前にひざまずいた。「もう乗っ取りはやらない、昔の相棒よ。機を失した《ザ・シップ・ハズ・セイルド》、ということだ。いや、わたしはオレゴン号を撃沈する。動画にして、おまえの監房でくりかえし再生させるようにする。自分の船が沈むのを見ても、おまえにはどうすることもできない。わたしが思いつくどんな肉体的拷問よりも、そのほうがつらいだろう。乗組員が死ぬ光景を、何度もくりかえし見ているうちに、おまえの心は打ち砕かれる。ぜったいにそうなる」

テイトが立ちあがり、深く息を吸って、生気を取り戻した。「じつは、こういうことを考えているうちに、すっかり気分がよくなった。こいつを上に連れていけ」

カブリーヨは、いましめを解かれ、出口に押していかれた。上甲板に出ると、迷彩服の兵士六人が待っていた。カブリーヨの知っている人間はいなかった。

「サンチェス大佐」テイトが、最年長の士官に向かっていった。「約束どおり、ファン・カブリーヨを引き渡す」

サンチェスが進み出て、アルゼンチン独特のスペイン語でカブリーヨにいった。

「おまえはおれの従兄弟を殺した」

「妙だな」カブリーヨは、やはりアルゼンチン風のスペイン語で流暢に答えた。「あんたみたいに醜《みにく》いやつに会った憶えはない。その従兄弟は、一族のいいほうの遺伝子を引き継いでいたんだろう」

サンチェスが、嘲笑で応じた。「あすラスアルマスにおまえを連れていったら、いったいいくつジョークがいえるかな」

テイトが、一本指を立てた。「もうひとつ、大佐」アルゼンチン製の本物の義肢を渡した。「義肢をこれと取り換えたほうがいい。こいつは自分の義肢にありとあらゆる装備を隠すことがあるんだ」

「なにもかも考えてあるんだな」カブリーヨはいった。

「それがわたしだ。思慮深いのさ。さらば、ファン。おまえがどれだけ楽しい思いをしているか見たいから、ひょっとするとわたしが動画を届けにいくかもしれない」

兵士たちに連行されるときに、カブリーヨは肩越しにいった。「面会はいつだって歓迎するよ！」

船をおりる前に、兵士ふたりがカブリーヨをしっかりと押さえ、べつのふたりが義肢を交換した。新しい義肢はぴったり合っていなかったので、はずれないようにカブリーヨは用心深く歩かなければならなかった。

待っていたトラックに着く前に、カブリーヨは右太腿を三度押した。ジュリア・ハックスリーが埋め込んだ予備の追跡装置のスイッチがはいった。先ほどは電波を発していなかったので、テイトは、発見されることをカブリーヨが狙っていた、左太腿の追跡装置しか見つけられなかった。当初は、追跡装置でオレゴン号をポートランド号まで誘導する計画だったが、その作戦は使えなくなった。

刑務所に連れていかれる前に、オレゴン号の乗組員が阻止してくれることを願うしかなかった。この分では、監房に入れられたが最後、二度と出られないかもしれない。

32

アルゼンチン沿岸沖

エディー・センは、オレゴン号のムーンプールに浮上した〈ノーマド〉の上面のハッチをあけた。ダイビングベル内のオーヴァーホルトを救出してから、六時間たっていた。男四人が狭いスペースに乗っていたせいで、艇内はかなり悪臭がこもっていた。海水とオイルのにおいを吸い込んだとき、エディーはほっとした。

マックスとリンダが、ムーンプールの横の甲板で待っていた。マックスはガーゼを鼻に当てて包帯を巻いていた。顔のあちこちに痣《あざ》がひろがっている。

「ドク・ハックスリーはどこだ?」オーヴァーホルトに手を貸して、潜水艇からおろしながら、エディーはきいた。

オーヴァーホルトが、首をふった。「呼ばなくていい。わたしは元気だ」

「でも、オーヴァーホルトさんをよく診察してもらったほうがいい。海水を吸ったあと、蘇生術をやらなければならなかったんだ」

「ドクはいま、ものすごく忙しいんだ」マックスが、険しい表情でいった。

「あんたの顔の包帯と関係があることか？」

「包帯を巻いてくれたのはリンダだが、そのとおりだ」

リンクとエリックが、潜水艇をおりて、そばに来た。

「なにがあったんだ？」エディーはきいた。

「攻撃された。そのため、リンダ以外の乗組員は無能力になった。リンダが聴覚を失っていなかったら、いまごろは全員、大西洋の海底に沈んでいただろう」

「あんたの鼻以外に、負傷者は？」

「さいわい、重傷者はいない」リンダが答えた。「四人が骨折、ふたりが脳震盪、傷を縫わなきゃならない乗組員が多数」

リンダが聴覚を失っているとマックスがいったのに、そう答えたので、エディーはびっくりした。エディーの不思議そうな顔を見て、リンダはつけくわえた。「声は聞こえないけど、このグラスがあなたたちのいうことをテキストに変換するの」

「船の状態は？」

「左魚雷発射管と、船首側の使えるクレーンに多少、被害があったけど。もっとひどいことになっていたかもしれない」

「どうしてそんなことになったんだ？」

「おれがオレゴン号に向けて発射したミサイルのせいだ」マックスが、すまなそうに自分の鼻を指差した。「それで、おれが乗組員をひとり残らず殺すのを防ぐために、リンダがブーツでおれの顔を蹴った。当然の報いだな」

「あなたが悪いんじゃない」リンダは、マックスの肩を叩きながらいった。「あの音響兵器の影響で自分をコントロールできなくなったときの気持ちが、あたしにはわかる」

「リンダが麻酔ガスを散布して、効果が薄れているあいだに、われわれは兵器の射程から逃れた」マックスはいった。「水中兵器かもしれないが、発信源は突き止められなかった」

「あとでもっと詳しく話してくれ」エディーはいった。

「会長はどうしたの？」エリックがきいた。「信号は受信した？」

「ふたつ追跡してる」マックスがいった。「最初のはニューヨーク行きの民間航空に乗った。そっちは囮《おとり》だと思う」

「で、予備のほうは？」エディーはきいた。「まだポートランド号の船内にあるのか？」

「いや。その追跡装置はいま、ブエノスアイレスのリベルタドール・ビルから発信している。陸軍司令部が置かれていて、アルゼンチンでもっとも警備が厳重なビルだ。ファンがそこにいるとしたら、助け出すには大々的な計画を練らないといけない」

「わたしが手を尽くして調べてみよう」オーヴァーホルトがいった。「こんな状況でも、国家安全保障局《NSA》に友人がいるから、ファンについての通話を傍受していれば、教えてくれるだろう」

「そのあと、おれがオーヴァーホルトさんを医務室のドク・ハックスリーのところへ連れていきますよ」リンクがいった。

マックスがうなずいた。「そのあいだに、おれはエディーからブエノスアイレスでのことを説明してもらい、おれは音響兵器に遭遇したときのことを話す。二時間後に全員集合し、ファンを救出する計画を立てよう」

二時間後、マックス、リンダ、エディー、マーフィー、エリックが、オレゴン号の重役会議室に集まった。オークの長いテーブルで上座《かみざ》についたマックスのうしろの壁のモニターに、アルゼンチンの地図が表示されていた。オーヴァーホルトが関連情報をNSAの人脈から手に入れたことが伝えられると、全員が話をやめて、ジュリアに付き添われてはいってきたオーヴァーホルトに注目した。

「なにか二次症状が出たら、教えてください」ジュリアが、ドアのそばに立って、そういった。

オーヴァーホルトは、ゆっくりと椅子に腰かけた。「さっきもいったが、だいぶ気分がよくなった」

ジュリアが、マックスのほうを向いた。「診察するあいだだけ、やっと電話を使わないようにしてもらったんですよ。でも、溺れかけたのに、後遺症はなにもないようです」

「きみたちの医療施設はすばらしいな」ジュリアをちらりと見て、オーヴァーホルトがいった。「医療スタッフも超一流だ。ちょっと用心深すぎるのが玉に瑕《きず》だがね」

ジュリアは、やんわりとした文句には応じなかった。「あしたもう一度、肺炎の気配がないかどうか調べます。それまでは、起きていて、仕事をしてもかまいません。ほかの患者を診ないといけないので、医務室に戻ります」

ジュリアが出ていって、ドアを閉めた。

「元気そうなので、ほっとしましたよ、オーヴァーホルトさん」マックスがいった。「それに、わたしを救い出すのに、あらゆる手立てを講じてくれたことに感謝している。カブリーヨの状況に変化は？」

マックスは首をふった。「追跡装置は、ブエノスアイレスの例のビルから動いていません」

「それなら、まだ時間がある」

「どうしてそういえるんですか？」

「カブリーヨという名前は、アルゼンチンではありふれているので、該当する通話を傍受するのは難しかったが、NSAの人脈を使って、ファンがあす移動させられる予定だとわかった」

「その移動について、具体的な情報はありますか？」マックスがきいた。オーヴァーホルトが必要な情報をすばやく入手したことに、驚きはなかった。オーヴァーホルトは数十年前から、ワシントンDCでもっとも幅広い人脈があったし、反逆罪の疑いをかけられていてもなお、友人がいくらでもいる。

「ファンは、アルゼンチン陸軍の離叛分子によって拘束されている。あすの朝、トラックで車両縦隊を組んで、ラスアルマス近くの刑務所に護送されることになっている」

ブエノスアイレスから三二〇キロメートル南のラスアルマスへ車両縦隊が向かう予想ルートを、マックスとマーフィーが作図した。

「さいわい、トラックの車両縦隊が通れるようなルートは、一本しかない」マーフィーが、アルゼンチン沿岸の低地を通る幹線道路を、指でなぞった。「ほかの道路では、かなり遠まわりになってしまう」

「ただ、護衛は厳重に武装し、戦闘準備を整えているだろう」オーヴァーホルトはいった。「わたしの伝手は、車両縦隊を指揮しているのはサンチェスという大佐だといっている。護送任務に、サンチェスは自分が選んだ傭兵を使う。軍を不名誉除隊になった連中だ。やつらは変名でファンを投獄することをもくろんでいる。投獄されたら、大規模な強襲をかけない限り、脱出させるのは不可能になる」

「ファンが逃げられるようにするには、途中で邀撃《ようげき》するしかない」マックスがいった。

「わたしもそう助言するところだ」オーヴァーホルトはいった。「そういう事案想定《シナリオ》用の戦闘能力はあるか?」

マックスは、地図を調べながら考えていた。やがて、ラスアルマスから南に一〇〇キロメートルほどしか離れていないマルデルプラタという港を指差した。

「ここの桟橋につけておろす」

「なにを？」オーヴァーホルトがきいた。

「ＰＩＧです」エディーがいった。

マックスがうなずき、オーヴァーホルトにいった。「いくつかサプライズを隠しているトラックがあるんです」エディーに向かっていった。「リンクとレイヴンを道路の旅へ連れていったらどうだ？」

（上巻終わり）

◉訳者紹介　伏見威蕃（ふしみ いわん）
翻訳家。早稲田大学商学部卒。訳書に、カッスラー『秘密結社の野望を阻止せよ！』、クランシー『北朝鮮急襲』（以上、扶桑社ミステリー）、グリーニー他『レッド・メタル作戦発動』、シャーレ『無人の兵団——AI、ロボット、自律型兵器と未来の戦争』（以上、早川書房）他。

悪の分身船《ドッペルゲンガー》を撃て！（上）

発行日　2020年6月10日　初版第1刷発行

著　者　クライブ・カッスラー＆ボイド・モリソン
訳　者　伏見威蕃

発行者　久保田榮一
発行所　株式会社 扶桑社
〒105-8070
東京都港区芝浦1-1-1　浜松町ビルディング
電話　03-6368-8870（編集）
　　　03-6368-8891（郵便室）
www.fusosha.co.jp

印刷・製本　図書印刷株式会社

ISBN 978-4-594-08490-5　C0197